시가있
는등대
이야기

시가 있는 등대이야기

© 2013, 동길산 Dong, Gil San

지은이 동길산 **초판** 1쇄 발행 2013년 9월 17일 **펴낸곳** 도서출판 호밀밭

펴낸이 장현정 **편집디자인** 홍석진 · 김영진 **등록** 2008년 11월 12일(제338-2008-6호)

주소 부산 수영구 광안해변로125 남천K상가 B1F **전화** 070-7530-4675

팩스 0505-510-4675 **전자우편** homilbooks@naver.com **홈페이지** www.homilbooks.com

Published in Korea by Homilbat Publishing Co, Busan. Registration No. 338-2008-6.

First press export edition September, 2013. Author **Dong, Gil San**

ISBN 978-89-98937-11-9 03810

※ 책값은 겉표지에 표시되어 있습니다.

※ 이 책 내용의 전부 또는 일부를 재사용하려면 저작권자와 호밀밭출판사 양측의 동의를 얻어야 합니다.

"세상의 모든 책은 더 나은 삶으로 향하는 출발입니다"

세상 모든 것에 감탄하는 지혜로운 사람들의 공간 호밀밭

시가 있는 등대 이야기

글 동길산
사진 박정화

차 례

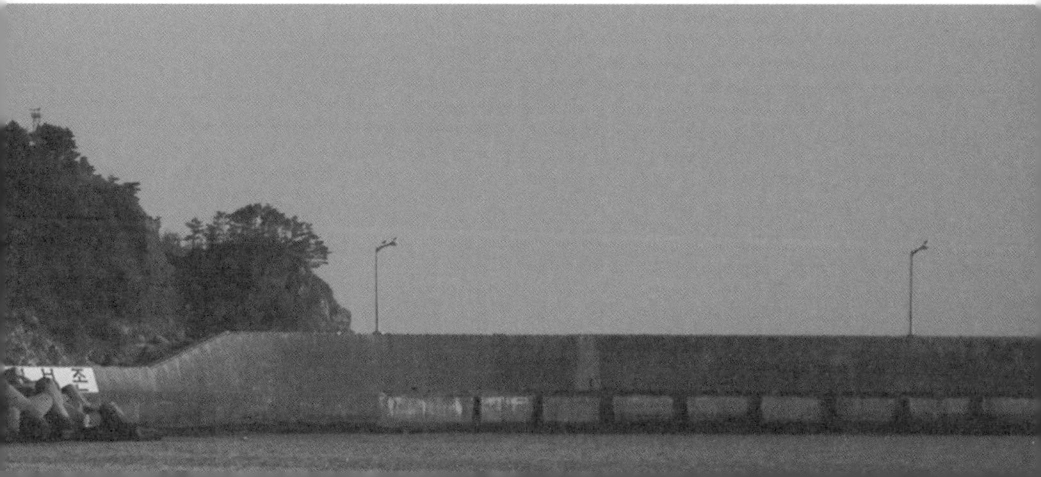

들어가는 말

　- 등대는 힐링이다

등대는 힐링이다.
등대를 보고 있으면 좁쌀 같던 마음에 바닷물이 스며든다.
모난 마음이 바닷물에 잠긴다.

마음이 힘든 날.
나 때문에 혹은 남 때문에 마음이 힘든 날.
등대는 마음을 어루만지는 눈빛이다.
사람들은 등대 눈빛에서 위안을 얻으려고 바다를 찾는다.

등대는 소통이다.
등대 존재감은 소통에 있다.
불빛을 깜박이는 것도 깜박이지 않는 것도
세상과 소통하려는 등대의 간절함이다.
내 사랑은 어느 바닷가 어느 섬에서 불빛을 깜박이는가.
깜박이지 않는가. 간절하게.

등대는 한결같다.
언제나 한 자리 언제나 한 빛깔이다.
내 사랑도 그랬으면 좋겠다.
내가 하는 사랑이여. 내가 받는 사랑이여.
바닷가든 섬이든 언제나 한 자리 언제나 한 빛깔이면 좋겠다.
등대처럼 한결같으면 좋겠다.

2013년 선선한 가을바람
청사포 바다에서
동길산

등 대 지 도

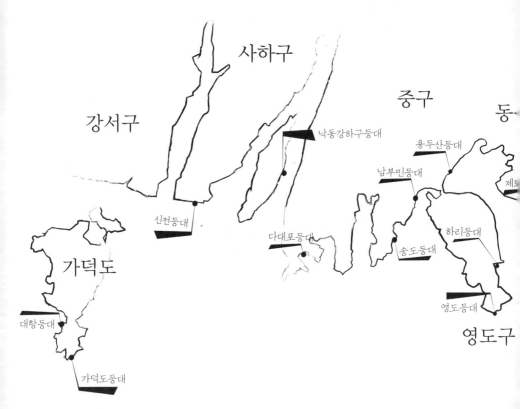

사하구

강서구

중구

동

낙동강하구등대

용두산등대

남부민등대

제

신전등대

다대포등대

하리등대

가덕도

송도등대

대항등대

영도등대

가덕도등대

영도구

기장군

월내등대

갈천등대

칠암등대

이동등대

학리등대

두호등대

대변등대

월전등대

광계말등대

젖병등대

해운대

수영구

송정등대

신당등대

청사포등대

누리마루등대

민락등대

미포등대

광안대교

수영만등대

남구

용호등대

오륙도등대

N
4

오 륙 도 등 대

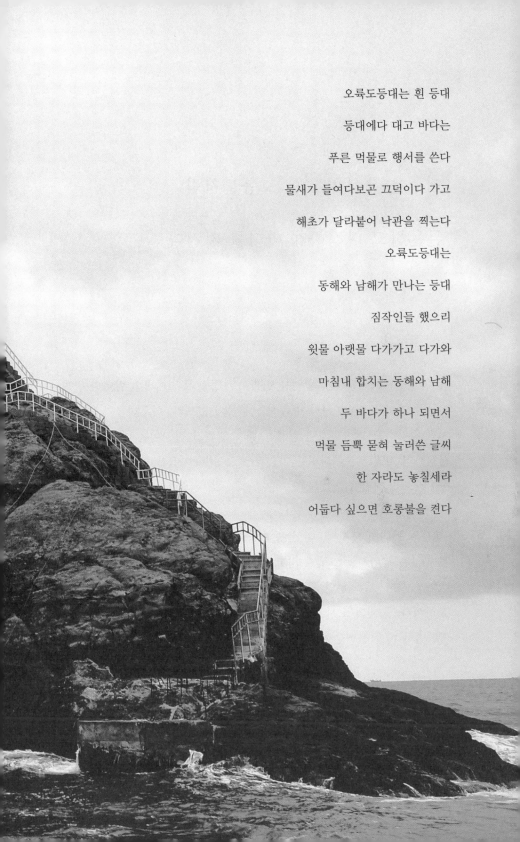

오륙도등대는 흰 등대

등대에다 대고 바다는

푸른 먹물로 행서를 쓴다

물새가 들여다보곤 끄덕이다 가고

해초가 달라붙어 낙관을 찍는다

오륙도등대는

동해와 남해가 만나는 등대

짐작인들 했으리

윗물 아랫물 다가가고 다가와

마침내 합치는 동해와 남해

두 바다가 하나 되면서

먹물 듬뿍 묻혀 눌러쓴 글씨

한 자라도 놓칠세라

어둡다 싶으면 호롱불을 켠다

어두운 세상 밝히는 호롱불처럼

든든하고 다정하게 바다를 지킨다

등대 등은 등불 등(燈). 밤하늘 반짝이는 등불이 별이라면 밤바다 반짝이는 등불이 등대다. 사람 마음엔들 등불이 없으랴. 하루하루가 밤하늘처럼 캄캄하고 밤바다처럼 캄캄할 때 순간순간 반짝이는 마음의 등불. 서정시인 정일근은 기다리는 마음과 보고 싶은 마음을 이어주는 눈빛이 등대라고 노래한다.

부산은 등대의 도시다. 여섯 광역시 가운데 등대가 가장 많다. 바다를 끼지 않은 광역시는 그렇다 치고 울산, 인천과 견줘서도 부산은 단연 등대의 도시다. 유·무인 등대가 부산은 65곳이고 울산은 49곳, 인천은 35곳이다. 등대의 도시 부산은 그래서 반짝이는 도시다. 밤바다 등불 반짝이면서 배를 불러들이고 마음의 등불 반짝이면서 사람을 불러들인다.

오륙도는 부산의 상징. 부산바다를 상징하고 부산 기질을 상징한다. 부산바다는 남해와 동해를 아우르는 바다이고 남해와 동해 경계가 오륙도다. 남해는 섬이 많은 다도해. 다정다감한 바다다. 동해는 탁 트인 바다. 거침없다. 부산사람의 다정다감하고 화통한 기질은 부산바다에서 비롯되고 부산바다 한가운데가 오륙도다.

오륙도는 또한 한국을 대표하는 명승지다. 문화재청은 경치가 빼어난 곳을 국가명승지로 지정한다. 부산에선 오륙도와 태종대 두 군데뿐이다. 오륙도는 섬이 다섯이 됐다 여섯이 됐다 해서 붙여진 이름. 보는 위치에 따라서 그렇고 물이 들고 빠짐에 따라서 그렇다. 섬은 뭍에서 수평선 쪽으로 이어진다. 섬마다 이름이 있다. 뭍에서부터 방패섬, 솔섬, 수리섬, 송곳섬, 굴섬, 등대섬이다.

등대섬의 애초 이름은 밭섬. 밭처럼 평평해서 그렇게 불리다가 등대가 들어서면서 등대섬으로 불린다. 등대는 1937년 11월 세워졌다. 일제강점기 일제가 필요해 세웠지만 지금은 한반도 관문이자 한국을 대표하는 해양도시 부산의 앞바다를 굽어보는 터줏대감이다. 처음 세울 당시 6.2m이던 등탑은 1998년 27.5m 높이로 우뚝 섰다. 1998년 오륙도등대는 의미가 남다르다. 우리나라 최초 시민현상 설계공모로 세워진 등대다. 주제는 '자연과 인공의 극적인 만남'.

등탑을 높이면서 불빛도 높아지고 밝아졌다. 10초에 1회 반짝이는 흰색 섬광이 도달하는 거리는 21마일, 40km에 이른다. 대마도에서도 오륙도 등대 불빛이 보인다. 물론 여기서도 대마도 불빛이 보인다. 해가 날 때는 태양열로 충전하고 해가 가린 날이나 장마철에는 발전기 2대를 교대로 가동한다. 누구든 등대 구경이 가능하다. 등대전시관도 있다. 국내외 등대 역사를 알려 주는 사진과 1930년대 등대 공사 당시 자재 일부를 전시한다. 관광객이나 낚시꾼에게 화장실이 개방돼 편하다.

오륙도등대는 유인등대, 사람이 지키는 등대다. 유인등대는 20마일 이상 떨어진 데서 식별이 가능하다. 멀리서 오는 배가 육지를 처음 인지한다 해서 육지초인 등대라고도 한다. 모든 유인등대는 희다. 부산에 있는 유인등대는 3곳. 오륙도와 영도, 가덕도등대다. 무인 등대는 20마일 이하의 연안을 항해하는 선박이 배의 위치를 아는 데 필요한 등대다. 부산엔 62곳이 있다.

"섬이 흔들리는 걸 느낄 정도예요." 오륙도 등대지기는 모두 3명. 1988년 이후 항로표지관리원으로 불리지만 정겹긴 등대지기가 정겹다. 등대도 정식 명칭은 항로표지관리소다. 2명이 4박 5일 근무하고 1명은 2박 3일 쉰다. 한 달 전체적으론 20일 근무하고 10일 쉬는 셈이다. 김흥수(45) 소장이 지난 여름 일을 들려준다. 태풍이 연이어 들이닥쳐 배가 뜨지 않는 바람에 보름 가까이 근무했다고. 암벽을 때린 파도가 등탑까지 튀어 오를 정도가 되면 섬이 흔들리는 게 감지된다고 한다. 가파른 비탈길 계단을 내려오며 그 얘기를 듣는데 다리가 다 떨린다.

등대전망대에 서니 수평선이 눈높이에서 펼쳐진다. 수평선은 완만하다.

이 세상에서 가장 완만하고 부드러운 곡선이지 싶다. 저 수평선을 보고 있노라면 마음에 난 모가 조금은 깎여 나갈지 모르겠다. 구름 사이사이로 새어 나온 햇살이 바다 한가운데 기둥을 세운다. 햇살 기둥이 열은 넘어 보인다. 바다와 하늘의 신이 힘을 모아서 세운 신전의 기둥 같다. 졸지에 나는 스케일이 큰 사람이 돼 버린다. 한없이 부드러워지고 넓어진다. 오륙도등대에 와서 덤으로 얻는 마음치유다.

등대 불빛이 든든한 건 언제나 그 자리에 있다는 것. 그리고 한결같다는 것. 희게 반짝이는 등대는 언제나 그 자리에서 희게 반짝이고 10초에 한 번 반짝이는 등대는 언제나 그 자리에서 10초에 한 번 반짝인다. 사람과 사람 사이도 그랬으면 좋겠다. 아주 멀리 떨어져 있어도, 아주 오래 만나지 못해도 마음만은 언제나 그 자리에 한결같았으면 좋겠다. 보고 싶은 마음과 기다리는 마음을 이어 주는 눈빛이 등대이듯 언제나 한결같은 눈빛이, 등대 같은 눈빛이 사람과 사람 사이를 이어 주면 좋겠다.

"SK 사는데 등대는 처음 와 봤어요." 노재현 씨는 오륙도 선착장 가는 길목 아파트에 산다. 서울 말씨를 쓰며 부산에 온 지 3년 됐다는 가정주부다. 반짝이는 도시 부산에 이끌렸고 요즘 사진 찍는 재미가 쏠쏠하다. 처음 와 본 오륙도지만 경치도 참 좋고 사진 찍기도 참 좋다며 '참, 참'을 연발한다. 용호동 선착장에 오륙도 가는 배가 있다. 어른 1만 원. 아이 5천 원. 왕복요금이다. 선착장에 가려면 경성대 앞에서 용호동 SK뷰 가는 시내버스나 선착장 가는 마을버스를 타면 된다. 선착장에선 해녀들이 해삼이니 돌멍게니 해산물을 내다 판다. 오륙도에서 등대 안내를 받고 싶으면 전화를 해 보자. 휴대폰이라도 공용전화라서 '등대지기'가 받는다. 010-4564-2062.

부산최초의 등대는?
제뢰등대

"그게 맞겠네요." 오륙도등대 근무자 이병희 씨가 흔쾌히 맞장구친다. 인류 첫 등대는 모닥불 아니겠느냐는 질문에 그렇겠단다. 소설이나 영화에서 봤던 50, 60년대 갯가 장면이 생각난다. 돌아오지 않는 배를 기다리며 밤새 타오르던 모닥불! 애간장 태우는 모닥불이었고 희망의 끈을 놓지 않는 생명력의 모닥불이었다. 횃불역시 첫 등대에 들어가리라.

건축 양식상 첫 등대는 이집트 파로스등대. 기원전 2세기 알렉산드리아 항구에 세운 등대로 높이가 무려 134m라고 전해진다. 여러 차례 지진으로 피해를 입었으며 14세기 완전히 무너졌다. 1994년 높이 4.5m, 무게 12t에 이르는 등대 꼭대기 여신상을 비롯한 등대 잔해 수백 점이 해저에서 인양되면서 그 실체를 드러냈다. 세계 7대 불가사의 중 하나다. 한국 최초의 등대는 인천 팔미도등대. 최초점등일이 1903년 6월 1일이다.

부산 최초의 등대는 무엇일까. 나눠서 봐야 한다. 최초 등대는 1904년 8월 점등한 초량도등이다. 도등은 배를 안전하게 유도하는 등대. 초량 고관 앞 항구 진입로에 세운 암초 식별용 철탑으로, 일대가 매립되면서 철거되었다. 무인등대 최초는 감만동 제뢰등대. 감만동 앞바다를 오리여울이라 부른다. 오리여울의 한자식 표현이 제뢰(鵜瀬)다. 1905년 6월 점등했으며 2001년 등대 기능을 마치고 영구 보존돼 있다. 상태가 양호하다. 현존하기에 부산 최초 등대로 봐도 무방하겠다. 이듬해 12월 점등한 영도등대는 우리나라 10번째 등대. 유인등대론 부산 최초다.

송 정 등 대

송정방파제 등대는

두 그루 해송

소나무 향내가 난다

송진이 묻은 듯

만져보면 끈적거린다

방파제 끝에 서서 심호흡하면

절반은 갯내가

절반은 솔내가

내 안에 해송을 키운다

소나무 가지 같은 빛줄기

밤바다에 늘어뜨리고

나이테가 동해

막 뜨는 해를 닮아가는

송정등대 두 그루

마주 본 적백 쌍둥이 등불

정면충돌 피하자는 소통의 언어

등대는 소통이다. 등대 존재감은 소통에 있다. 등대의 언어는 그래서 소통의 언어다. 소통을 전제로 한 언어는 상대를 배려한다. 그리고 분명하다. 이중적이지 않다. 생각해 보라. 상대보다 나를 먼저 배려한다든지 겉말 다르고 속뜻 다르면서 어떻게 소통을 이끌어 낼 것인가. 배는 등대의 배려로 나아갈 길을 찾고 등대의 분명하고 단호한 어조를 통해 두려움 없이 망설임 없이 앞으로 나아간다.

등대의 언어는 크게 다섯 가지. 빛과 색과 형상과 소리와 전파다. 배는 이 다섯 가지 등대의 언어를 숙지해 어느 쪽으로 갈지 방향을 정한다. 사람마다 나름의 어투가 있고 나름의 억양이 있듯 등대 또한 나름의 어투가 있고 나름의 억양이 있다. 등대를 모르는 사람은 몰라도 등대를 아는 사람은 그 어투 그 억양으로 어디에 있는 등대인지 알아채고 등대가 무슨 말을 하는지 알아챈다.

송정등대는 쌍둥이다. 흰 등대와 붉은 등대가 양쪽 방파제 끝에서 마주 본다. 1999년 세워져 연륜은 짧지만 원통형 몸매가 우람한 게 보호수 나무 같다. 등대 한가운데를 싹둑 베면 나이테가 층층이 둘러쳐졌을 것 같다. 뭍에서 보면 흰 등대는 오른쪽에 있고 붉은 등대는 왼쪽에 있다. 해운대 3포 하나인 청사포에 가도 그렇다. 오른쪽 등대는 희고 왼쪽 등대는 붉다. 송정이나 청사포뿐 아니라 어딜 가도 그렇다. 왜 그럴까.

희고 붉은 색 역시 등대의 언어다. 상대를 배려하고 분명하기에 색깔 역시 잘 뜨이고 분명해서 희고 붉다. 배도 자동차처럼 우측으로 통행한다. 그래야 정면충돌을 피한다. 바다로 나가는 배는 뭍의 오른쪽 흰 등대에 붙어서 나가고 들어오는 배는 바다의 오른쪽 붉은 등대에 붙어서 들어온다. 1년 365일 그 자리 그저 있는 것 같아도 등대는 어느 하루 어느 촌각도 허투루 보내지 않는다. 끊임없이 교신하며 끊임없이 교감을 이뤄낸다. 등대는 소통이다.

"여긴 되게 따뜻하네." 이십 대 초중반 두 아가씨가 발을 동동 구른다. 엄동 추위에 몸이 얼어붙은 낌새다. 등대 테라스로 이어지는 시멘트 계단을 한달음에 올라와선 햇살 잘 드는 자리에서 멈춘다. 시멘트 계단은 딱 열 계단. 테라스엔 난간이 있고 나무 돌듯이 등대를 돌게 돼 있다. 낙서가 간간이 보인다. 1년 뒤 다시 오자는 언약이 철석같고 이 글 보거든 연락해 달라는 호소는 애탄다. 소금기가 묻어 하나같이 끈적대는 언약이고 하나같이 끈적대는 호소다.

등대는 일자형 원통. 몸매가 푸근한 이웃집 아저씨고 이웃집 아주머니다. 꼭대기에 피뢰침이니 태양열 충전기니 전등이 달려 있다. 전등은 5초에 한 번 깜박인다. 등 색깔은 녹등과 홍등. 흰 등대에선 녹등이 켜지고 붉은 등대에선 홍등이 켜진다. 여기 뱃사람들은 흰 등대, 붉은 등대라 부르지 않고 녹등, 홍등이라 부른다. 등대도 보관하고 배도 갖고 다니는 해도엔 FlG5s, FlR5s로 나와 있다. Fl은 플래시 약자. G는 녹색, R은 붉은색. 다른 숫자 없이 5s만 있으면 5초에 한 번이란 표시다.

 흰 등대 정식명칭은 송정항 서방파제 등대. 붉은 등대는 동방파제 등대다. 송정항은 어딜까. 송정해수욕장 동쪽에 죽도공원이 있고 공원 옆으로 돌아가면 송정항이다. 명칭에선 규모가 크고 번잡한 항구가 연상되지만 실제론 소박하고 한적한 포구다. 1톤과 2톤 사이 고만고만한 배들이 살갑다. 송정은 소나무가 있고 정자가 있음을 짐작케 하는 지명. 죽도 공원 입구에 세운 입석 한 대목이다. 송정이 왜 송정인지 알려 준다. '경주 노씨의 선조가 백사장이 내려다보이고 해송림이 울창한 언덕에 정자를 지은 데서 연유한다고 한다.'

 등대에서 내려다보면 송정 포구는 호수 같다. 방파제에 둘러싸여 잔잔하다. 송정천에서 떠밀려 온 낙엽이 떠다니고 물새들도 낙엽인 양 그 사이로 떠다닌다. 들리는 소리라곤 밀려온 파도가 더 이상 갈 데 없어 방파제를 두드리며 투정부리는 소리. 기장 방향 포장도로를 씽씽 내달리는 차들이 내는 소리는 파도 투정 부리는 소리에 기가 죽어 등대 근처론 얼씬도 하지 않는다. 배가 들어오면 물새가 끼룩끼룩 눈알을 부라리며 날아오른다.

"3천 5백이다!" 막 들어온 배는 1.29톤 연안통발어선. 뱃전엔 통발이 그득하다. 창 달린 방한모자를 눌러쓰고 발끝에서 가슴까지 올라오는 물옷을 입은 노부부가 선장이고 선원이다. 배에 실린 계량기로 잰 문어 무게가 3킬로 5백이 나왔다며 선원 할머니가 선장 할아버지에게 큰소리로 알려 준다. 소리가 나직하면 잘 들리지 않는 게 바다다. 지금은 오후고 아침에 잡은 문어는 10킬로. 그물망을 들어 보인다. 고동이 담긴 그물망도 보인다. 제사에 쓰는 밀고동이란다. 요즘은 물이 너무 차가워 고기는 잘 안 잡힌다고 푸념이다.

참고로 조업구역에 따라 바다는 3가지로 나뉜다. 육지와 가장 가까운 연안, 그다음이 근해, 가장 먼 바다가 원양이다. 육지에서 멀수록 배가 커지고 조업기간이 길어진다. 그러나 등대의 언어는 배의 크기에 연연하지 않는다. 상대를 가리지 않고 배려하며 상대를 가리지 않고 분명하게 말한다. 쉬운 듯 보여도 결코 쉽달 수 없는 처신이다. 한 해가 시작되는 연초나 한 해를 마감하는 세밑, 등대를 마음 안에 들여다 놓으면 어떨까. 마음 안에 들여다 놓고 새로 시작하는 한 해, 등대를 닮아 가자고 작심해보면 어떨까.

송정등대는 흰 등대와 붉은 등대가 양쪽 방파제 끝에서 마주 본다. 바다로 나가는 배는 뭍의 오른쪽 흰 등대에 붙어서 나가고 들어오는 배는 바다의 오른쪽 붉은 등대에 붙어서 들어온다. 등대는 그 자리에 그저 있는 것 같아도 어느 하루 어느 촌각도 허투루 보내지 않는다.

붉은 등대에서 흰 등대 가는 길. 노천에 간이탁자며 의자를 내다 놓고 해산물을 판다. 송정 해녀들 노점이다. 해녀 노점답게 자연산 해물 전문이다. 전복, 소라, 멍게, 성게, 군소, 낙지 등등. 한 접시 1만 원, 2만 원이고 평일은 대체로 문을 닫는다. 죽도 공원 입구 여기저기 현수막이 펄럭인다. 해운대구청으로부터 이 일대 땅을 산 개인이 3층짜리 해양레저시설을 짓는 중인데 그것의 문제점을 규탄해 주민들이 내건 현수막들이다. 주민들 뜻에 어긋난 불통을 규탄하는 외침인 셈이다. 소통의 등대가 보기에 이 불통의 세상은 오죽 답답할까.

등탑은 '백홍녹황흑' 오색
색깔마다 고유 역할…요즘엔 다양하게

등대 등탑의 색깔은 모두 다섯 가지. 백색, 홍색, 녹색, 황색, 흑색이다. 단색만 쓰는 경우가 있고 하나 이상의 색깔을 같이 쓰는 경우가 있다. 색깔마다 고유의 역할이 있다. 같이 쓰는 경우도 색깔을 어떻게 배치하느냐에 따라 그 역할이 달라진다.

등탑 색깔 가운데 육지 기준 좌측과 우측을 나타내는 측방표지는 홍색과 녹색이다. 녹색은 먼 바다에서 보면 잘 뜨이지 않으므로 흰색을 쓰기도 한다. 녹등인 송정방파제 등대가 흰색인 것도 그런 연유다. 동서남북 방위를 나타내는 방위표지는 황색과 흑색을 같이 쓴다. 바탕 색깔이 황이냐 흑이냐에 따라, 그리고 위나 아래나 가운데가 무슨 색이냐에 따라 배의 동서남북 진행방향이 달라진다.

이밖에 고립장애표지, 안전수역표지, 특수표지도 등탑 색깔로 구분한다. 그런데 좀 어렵다. 등대가 관광과 휴식의 대상인 일반인은 그냥 이것만 알자. 모든 유인등대는 흰색. 방파제 등대에서 흰 등대는 바다로 나가는 등대, 붉은 등대는 육지로 들어오는 등대! 노란 등대는 지나갈 때 각별히 조심하란 뜻. 공사구역이거나 해저 케이블 등을 알리는 특수표지다. 최근엔 등대에 스토리나 디자인이 가미되면서 고유의 역할에 관계없이 다양한 색깔을 섞어 쓰는 경향이다.

민 락 등 대

후 불어 안개를 걷어내면

당신과 나 사이

눈빛이 닿을 만큼 가깝다

당신에게 이르는 길

멀어서 먼 게 아니라

안개에 가려서 멀고

보이지 않아서 멀다

때로는 오해하고

때로는 미워하며

당신과 나를 가로막는 안개

내가 불어대는 입김은

당신에게 내미는 손

더 늦기 전에

오해도 풀고 미움도 풀자며

내 안에서 우러나오는 소리

툭하면 삐끗대는 바다,

눈빛과 소리로 흔들리는 쪽배 이끌어

등대는 소리다. 안개를 가르는 소리다. 안개를 가르고 길을 내는 소리다. 등대가 터 준 길을 따라 배는 나아가고 마침내 궁극에 다다른다. 들짐승이 소리 내어 새끼를 품으로 불러들이듯 등대는 소리 내어 배를 궁극으로 불러들인다. 등대가 내는 소리엔 어미의 심정이 담겨 있다.

바다의 안개는 불협화음. 수온과 기온이 온도 차가 나면서 안개는 생긴다. 수온과 기온이 삐끗대면서 안개는 생긴다. 누가 봐도 표 나게 삐끗대면 안개는 진하고 표 나지 않게 삐끗대면 연하다. 걷어 내고 걷어 내도 갈 길을 가로막는 안개. 바다에서 안개는 낭만이 아니라 길을 막는 낭패다.

사람과 사람 사이에도 안개가 생긴다. 때로는 진하고 때로는 연한 안개가 사람 사이를 가로막는다. 안개는 오해로 삐끗대면서 생기고 미워 삐끗대면서 생긴다. 안개에 갇혀 보면 안다. 얼마나 막막한지. 사람을 얼마나 처지게 하는지. 더 막막하기 전에 더 처지기 전에 누구는 손을 휘저어 안개를 걷어 내고 누구는 입김을 불어 걷어 낸다.

민락항 방파제등대는 소리를 내는 등대다. 소리를 내어 배를 불러들이는 등대다. 소리를 내는 이유는 여기 바다가 자주 삐끗대기 때문. 민락 바다에서 가장 가까운 산 이름이 백산인 것도 안개 탓이다. 안개가 끼여 늘 뿌옇다고 흰 백(白) 백산이다. 부산MBC 뒷산이다.

"광안대교 주탑도 안 보입니다." 등대 초입 부산해경 민락파출소에서 광안대교까지 거리는 900m 남짓. 주탑은 대교에서 가장 높이 치솟은 첨탑이라 몇 킬로 밖에서도 보이는 게 정상이다. 그러나 비가 잦아 안개 짙은 봄이나 여름엔 대교 상판은 물론이고 주탑조차 안 보인다는 게 민락파출소 김민식 경사의 전언이다. 안개는 주로 이른 아침에 낀다고 한다.

민락항 방파제등대로 가는 길. 여느 방파제등대처럼 붉은 등대가 왼편이고 흰 등대가 오른편이다. 김 경사가 보여 준 해도엔 각각 Fl(2)R6s5M, Fl(2)G6s5M으로 표기돼 있다. 붉은 등대에선 홍등이, 흰 등대에선 녹등이 6초에 두 번 깜박이며 광달거리는 5마일이란 뜻이다. 김 경사는 이 부근에서 14년을 산 반 토박이. 모르는 데가 없다. MBC 뒷산이 백산인 것도 알고 놀이시설 미월드 언덕이 점이대인 것도 안다.

파출소에서 나와 직진하면 붉은 등대 방파제다. 방파제 입구 전광판 자막이 주말의 명화 명대사처럼 인상적이다. '바다에서 사고 나면 122. 1 한 번, 2 두 번.' 방파제는 길고 열 몇 걸음마다 난간에 달린 표지판이 추락 위험을 경고한다. '삼발이'라 부르는 테트라포드를 겹겹이 쌓고서 지은 방파제라 난간 아래가 아찔하다. 삼발이를 딛고 챔질하는 낚시꾼도 아찔해 보인다.

"아빠! 몇 마리야?" 흰 등대 방파제 난간에 붙어 서서 남자아이 둘이 연신 아빠를 채근한다. 큰애는 올해 초등생이 되고 동생은 연년생이다. 파도가 넘실대는 맨 아래 삼발이에서 낚시하는 아빠는 대답은커녕 돌아보지도 않는다. 큰애가 스마트폰을 켜 몇 신지 보여 준다. 4시 46분. 1시부터 낚시했는데 아직 한 마리도 잡지 못해 저런다고 고자질하듯 일러바친다. 바로 앞은 광안대교. 교각과 교각 사이로 바다에 뜬 부표가 보인다. 네 시간이 되도록 고기 한 마리 잡지 못한 낚시꾼을 용용 약 올리며 간들댄다.

민락등대는 개성이 뚜렷하다. 원통형 2층 구조이며 층층마다 팔각 난간을 쳤다. 등대 내부로 들어가는 출입문은 2층에 나 있다. 1층에서 2층으로 가는 철제사다리가 노출돼 있고 빛을 발산하는 옥상 등명기 역시 노출된 상태다. 창문은 따로 내지 않아 밋밋하다. 대신 우직해 보인다. 등탑은 밑에서 보면 벙거지를 쓴 형상이다. 벙거지는 도둑 잡던 군졸이 쓰던 모자. 덕분에 등대가 듬직하면서 고풍스럽다.

흰 등대는 난하다. 검정스프레이로 낙서질을 해 댄 바람에 이맛살이 찌푸려진다. 낙서에도 품격이 있을 텐데 매를 좀 맞아야겠다. 등대를 우롱한 죄. 등대를 찾은 사람을 우롱한 죄. 그렇게 봐서 그렇겠지만 광안대교 너머 수평선도 낙서. 하늘과 바다 정중앙 길게 그어 놓은 한 줄짜리 낙서다. 품격이 있어서 선이 단아하다. 흐트러짐이 없다.

방파제 내항은 민락포구. 수협위판장과 활어판매장이 포진한 포구다. 포구에서 횟감을 사 초장집으로 가거나 횟감과 초장과 야채를 사 한국 최초 수변공원이란 데 가 보자. 수변공원은 날씨가 좋고 놀기가 좋은 날은 인산인해다. 아니, 인해인해다. 태풍 매미가 물고 온 큼지막한 갯바위가 명물이고 광안대교 불꽃축제가 명물이다. 웨딩사진을 찍으면 배경이 멋지게 나오겠다. 사진에서 갯내가 물씬 나겠다.

광안대교 상판에 불이 들어온다. 다리에 단 등대, 교량등이다. 여기 방파제서 보이는 교량등은 셋. 홍등이 둘이고 녹등이 하나다. 양옆 홍등과 녹등은 한 번씩 깜박이는 반면 가운데 홍등은 Fl(4)R8s다. 8초에 네 번을 달아서 깜박인다. 배가 이리로 오면 절대 안 된다는 메시지다. 생은 고해. 오늘 여기를 사는 우리는 고난의 바다에 떠다니는 쪽배 같은 존재다. 우리에게도 저런 신호등이 있으면 좀 좋을까. 생의 갈림길에서 갈팡질팡할 때 홍등 녹등 번갈아 깜박이며 인도해 주면 좀 좋을까.

시야 안 좋으면 '음파 표지'로 알려 줘
"빼~" 나팔관 소리 멀리까지 울려

항로표지는 운항하는 배가 지표로 삼는 국제적 해양교통시설이다. 항로표지는 간편하고 누구나 식별이 쉬우며 일정한 장소에서 정확하게 운영하는 등 몇 가지 기본요건을 갖춰야 한다. 종류는 다섯 가지. 야간에 불빛으로 등대 위치를 알려 주는 광파표지, 주간에 형상과 색채로 알려 주는 형상표지 등이 있다. 불빛도 잘 안 보이고 형상도 잘 안 보일 경우 소리로 알려 준다. 이를 음파표지라 한다.

음파표지는 날씨에 좌우된다. 안개가 끼거나 눈, 비 등으로 시야가 가릴 때 음파표지를 쓴다. 소리를 내는 방식은 제각각이다. 보편적인 게 전기폰. 설치가 간편하고 고장이 잘 나지 않는다. 전기에너지를 음파로 바꾸어 나팔관 소리를 낸다. '빼―' 소리가 길게 난다. 사이렌 소리를 공기압축으로 내면 에어 사이렌, 전동기로 내면 모터 사이렌이다. 압축공기로 피스톤과 실린더를 작동해 소리를 내면 다이아폰이다.

부산의 등대는 소리를 어떻게 낼까. 오륙도등대는 45초에 1회 5초간 전기폰 방식으로 소리를 낸다. 3해리 거리까지 소리가 닿는다. 3해리는 약 5킬로. 영도등대도 마찬가지다. 가덕도등대는 다른 건 같은데 거리가 좀 짧다. 2해리다. 안개가 짙게 끼는 민락 바다 등대는 안개신호소를 부설해 소리를 낸다.

청 사 포 등 대

누가 저런 불을 지폈을까

알아서 켜지는 불

당신이 오면

내 안의 불

알아서 켜지리

아무리 젖어도

절대로 꺼지지 않으리

누가 저런 불을 지폈을까

알아서 꺼지는 불

당신이 떠나면

내 안의 불

알아서 꺼지리

아무리 불붙여도

절대로 켜지지 않으리

당신이여 오라

젖어도 꺼지지 않는

청사초롱

저 불을 따라서 오라

끝이 뾰족해서 성당을 닮은 등대

사랑하는 마음 담아 은은하게 비춰

최근에 그런 적 있는가. 사랑으로 아파한 적. 사랑은 이중적이다. 그리고 중독성이 있다. 아파할 줄 뻔히 알면서도 빠져드는 게 사랑이다. 최근에 사랑으로 아파한 적이 있는가. 그렇다면 당신은 행복한 사람이다. 사랑을 해보지 않은 사람보다 백 배는 천 배는 행복한 사람이 당신이다.

등대 불빛은 바다를 꼬집는 불빛. 어떤 등대는 한 손으로 꼬집고 어떤 등대는 양손으로 꼬집는다. 한 번만 꼬집는 등대가 있고 두 번 세 번 달아서 꼬집는 등대가 있다. 꼬집힌 자리 또 꼬집혀 바다는 멍든다. 멍들어 시퍼렇다.

등대는 바다가 밉다. 미워서 꼬집고 자기 진정을 알아 달라고 꼬집는다. 언제나 같이 있으면서 언제나 떨어져 지내는 등대와 바다. 등대는 바다가 미워서 꼬집고 바다는 꼬집힌 자리 또 꼬집혀서 '아야아야' 신음소리를 낸다. 철썩철썩 신음소리를 낸다. 소리조차 멍들어 시퍼렇다.

청사포등대는 양손으로 꼬집는 등대. 그나마 한꺼번에 꼬집지 않아 다행이다. 한 손으로 꼬집은 다음 다른 손으로 꼬집는다. 두 번 세 번 달아서 꼬집지 않고 한 번만 꼬집는 것도 다행이라면 다행이다. 불빛이 꼬집을 때마다 바다는 사색이다. 푸르죽죽하고 불그죽죽하다. 청색 홍색 천을 두르고 불 밝힌 청사초롱이 저럴까.

청사포등대는 끝이 뾰족한 첨탑이다. 성당에 온 듯 마음이 경건하다. 창문도 뾰족해 삼각형이다. 저것들에 찔리지 않으려면 얼마나 경건하게 살아야 하나. 콘크리트 등탑 표면은 매끈하지 않고 쭈글쭈글하다. 그게 오히려 멋져 보이고 있어 보인다. 커튼 주름 같고 청사초롱 주름 같다.

청사포등대도 송정등대, 민락등대처럼 쌍둥이 등대다. 뭍에서 보면 오른쪽이 흰 등대고 왼쪽이 붉은 등대다. 명칭은 청사포어항 남·북 방파제등대. 등대가 비추는 불빛은 각각 녹등, 홍등. 5초에 한 번 깜박인다. 녹등이 꺼지면 홍등이 켜지고 홍등이 꺼지면 녹등이 켜진다. 해상 등대는 세 번을 달아서 깜박인다. 암초에 세운 등 기둥, 등주다.

등대가 두 군데인 만큼 방파제도 두 군데다. 붉은 등대 방파제는 1959년 사라호 태풍으로 이 일대가 뒤집힌 다음 지은 방파제다. 흰 등대 방파제는 태풍 매미로 뒤집힌 다음 지어졌다. 붉은 등대 가는 길에 해녀들

휴식공간이 있다. 평상을 놔 두고 해산물을 판다.

등대는 외롭긴 외로운 모양이다. 불빛이 나만 따라다닌다. 이 등대에서 저 등대로 가면 불빛도 이 등대에서 저 등대로 따라온다. 질투도 심하다. 흰 등대에게 가 있으면 붉은 등대 불빛이 꼬집으려 덤벼들고 붉은 등대에게 가 있으면 흰 등대 불빛이 꼬집으려 덤벼든다.

꼬집힐까 겁나긴 해도 흐뭇하다. 뿌듯하다. 사랑받는 느낌이다. 나는 안다. 모르는 사람끼린 엔간해선 꼬집지 않는단 걸. 알기에 사랑하기에 꼬집는단 걸. 불빛이 들어오자 등대 꼭대기 유리창 안이 환하다. 난롯불을 켜자 환해진 실내 같다. 저 불에 손을 쬐고 싶다. 마음을 쬐고 싶다. 누가 저기에 불을 지폈을까. 불을 지펴 언 손, 언 마음을 쬐게 했을까.

'넌 내가 선택한 사람. 넌 나를 좋아할 사람.' '엄마 사랑해! 범수 사랑해!' 누구라도 저런 날 있었으리. 누구라도 저런 날 있으리. 마음이 꼬집혀 사람들은 등대에 글을 남기고 그 글이 다시 등대를 꼬집는다. 바다는 잔잔하다. 바다가 잔잔하니 소리도 잔잔하다. 꼬집혀서 아플 망정 아픈 소리를 내지 않고 아픈 티를 내지 않고 꾹 참는다. 바다도 아는 것이다. 등대가 자기를 사랑한다는 걸.

청사포 밤바다에 비친 불빛은 하나같이 외롭다. 외로워서 사람을 따라다닌다. 등대가 그렇고 가로등이 그렇고 가게 간판이 그렇다. 청사포 밤바다에 가 보라. 그대가 어디로 가건 불빛이 그대를 따라가리라. 바다가 내는 소리도 그렇다. 외로워서 그대만 따라다닌다. 그대가 멈추면 소리도 멈추고 그대가 움직이면 소리도 움직인다.

"한치나 오징어는 뒤빠꾸가 안 돼요." 누군가가 랜턴으로 바닷가를 비춘다. 물이 빠져 갯바위가 여기저기 드러난 모래펄이다. 낚시꾼인가 했더니 장어도 팔고 조개도 파는 가게 안주인이다. 단골이라 안면이 있다. 밀물 따라 들어왔다 빠져나가지 못해 버둥대는 한치나 오징어가 있는지 비춰 보는 중이란다. 그것들은 뒤로 헤엄치지 못해 물이 들어와야 빠져나간단다. 얼마 전 '이따만한' 것을 스무 마리나 잡았다며 팔뚝을 들어 보인다.

최근에 그런 적 있는가. 사랑에 빠져들어 버둥댄 적이 있는가. 한치나 오징어처럼 어쩌면 사랑도 '뒤빠꾸'가 되지 않는 것. 앞만 바라보고 가는 것. 사랑에 빠져들면 아프지만 어찌 아프기만 하랴. 꼬집히고 꼬집혀 멍든 마음이 어찌 시퍼렇기만 하랴. 청사포 가는 길. 도시철도 2호선 종점 장산역 3번 출구로 나와 죽 올라가거나 5번 출구로 나와 2번 마을버스에 환승하면 된다.

등대 빛의 세기는 7등급 구분

등대는 낮에도 빛나지만 밤에는 더욱 빛난다. 등대의 가장 큰 존재감은 빛에 있는 까닭이다. 등대가 내쏘는 빛을 인지해 선박이나 항공기는 육지의 소재, 원근, 험한 곳 등을 알아챈다. 항해용 등대는 섬, 곶, 암초, 여울, 항만출입구 등에 설치되며 항공등대는 항공로 가까운 산꼭대기나 공항 부근에 설치된다.

등대가 다 다르듯 등대가 내쏘는 빛의 세기도 다 다르다. 렌즈 초점거리와 등대 해발 높이에 따라 1~6등과 무등의 7등급으로 구분한다. 외양(外洋)에서 접근하는 주요 지점이나 안개가 잦은 데는 1~2등, 연안이나 내해의 주요지점에는 3~5등, 항만에는 6등이나 무등을 설치한다. 항공등대는 항해용 등대보다 광력이 강하며 항해용으로도 이용된다.

광력은 광달거리로 나타난다. 빛이 닿는 거리인 광달거리는 광력이 셀수록 길어진다. 먼 바다에서 항해하다 육지를 처음 인식하는 유인등대 광력이 대체로 세다. 영도등대가 23마일, 가덕도 22마일, 오륙도 21마일이다. 그래도 부산에서 가장 광력이 센 등대는 사하구 다대포 앞바다 무인도 등대인 서도등대다. 25마일이다. 청사포등대는 13마일. 부산 등대 65곳 가운데 절반쯤 된다.

길 천 등 대

나는 끝

뜨거웠던 생애의 중반

나는 내가 세상의 중심이라 여겼으나

지금은 끝

더 이상 밀려날 데 없는 세상의 끝

그러나 끝에 이르러

비로소 중심이 되었으니

내가 이른 곳은

육지와 바다 한가운데

그리고

육지에선 가장 낮고

바다에선 가장 높은 곳

그리하여 나는 중심이다

깃발 같은 등불 펄럭이며

가장 낮아서

가장 높아진

가장 외지고 낮은 곳에 서서

지혜의 등불로 세상을 조명하다

등대는 경전이다. 볼수록 보고 싶은 문장이다. 들을수록 듣고 싶은 말씀이다. 여백으로 빽빽한 경전을 누구는 손으로 더듬고 누구는 눈으로 더듬는다. 이렇게 살아라, 저렇게 살아라. 새겨 두고 싶은 문장을 누구는 손으로 밑줄 긋고 기억하고 싶은 말씀을 누구는 눈으로 밑줄 긋는다. 손때가 묻어 눈때가 묻어 등대는 반들댄다.

등대는 겸손하다. 방파제 등대가 있는 곳은 육지 끄트머리. 그리고 육지에서 가장 낮은 자리. 세상의 중심을 탐하지 않으며 높은 자리를 넘보지 않는다. 볼수록 보고 싶은 문장과 들을수록 듣고 싶은 말씀은 저 겸손에서 나온다. 가장 외지고 가장 낮은 곳에서 피어 오르는 가장 환한 지혜의 등불이 등대다.

길천 등대 역시 육지 끄트머리 가장 낮은 등대. 손때 눈때가 묻어 반들 대고 지혜의 등불이 스며들어 반들댄다. 길천등대는 육지 끄트머리이면 서 부산 동쪽 끄트머리 등대. 등대 방파제 가는 길 바로 옆은 고리원자 력발전소 담벼락이다. 고리원자력 너머는 울산이기에 길천은 부산 맨 끄 트머리 포구이고 길천등대는 부산 맨 끄트머리 등대다.

 "마을 가운데로 물이 흘렀대요." 등대 정식 명칭은 길천포항 방파제등 대. 기장군 장안읍 길천리 바닷가에 있다. 왜 길천이냐는 물음에 장안읍 사무소 예산회계담당 공무원 한결(27) 씨 대답이 물줄기처럼 시원하다. 마을 이장에게 들었다며 내력을 들려준다. 물이 흐르는 마을에 질맞이란 데가 있었고 질맞이 '질' 과 하천 '천' 이 합쳐 길천(吉川)이란다. 그 하천 과는 다른 하천이겠지만 폭이 제법 너른 하천이 흐른다. 하천 저쪽은 월 내, 이쪽은 길천이다. 두 마을을 이어주는 다리라 해서 하천에 놓인 다 리 이름이 월천교다.

 길천등대는 외등대. 하나뿐인 등대다. 포구 왼쪽에 있어 붉다. 방파제 등대는 하나뿐일 경우 뭍에서 봐 왼쪽에 있으면 붉고 오른쪽에 있으면 희다. 왼쪽 붉고 오른쪽 흰 쌍둥이등대에서 하나가 빠졌다고 생각하면 된다. 등대 재질은 스테인리스. 대개의 등대가 콘크리트인 것을 감안하 면 남다르다. 스테인리스는 녹이 슬거나 삭는 걸 방지하는 효과가 뛰어 나다. 스테인리스에 붉은 색상 에폭시를 발라 효과를 더욱 높인 게 길 천등대. 페인트 일종인 에폭시는 날씨 변화와 물기에 잘 견디고 접착 력이 강하다.

재질 못잖게 생김새도 남다르다. 등탑 꼭대기로 오르는 사다리가 밖으로 드러나 있다. 손잡이가 다닥다닥 박힌 굴뚝을 떠올리면 되겠다. 육지의 가장 낮은 곳에서 첫걸음을 떼는 사다리가 측은해 보이기도 하고 정직해 보이기도 한다. 말귀를 알아듣는다면 박수를 쳐서 격려하리라. 방파제 바깥벽을 때린 파도가 사다리를 타고 꼭대기로 오르고 파도소리가 사다리를 타고 꼭대기로 오른다.

꼭대기 등명기도 사다리처럼 드러나 있다. 등명기는 등대의 핵심. 등대가 비추는 빛은 모두 여기서 나온다. 핵심이라서 등롱 안에 보호하는 게 일반적이다. 등롱은 무얼까. 새가 사는 집은 조롱, 등이 사는 집은 등롱! 길천 등불은 새장에 갇히지 않은 새처럼 자유롭다. 6초에 두 번을 깜박이는 등불이 아무런 제지도 받지 않고 아무런 막힘도 없이 어두운 밤하늘을 훨훨 날아다닌다.

"광어 잡는 그물임더." 등대 들머리 어부 손질이 재빠르다. 오십 대 초중반으로 보이는 어부다. 방한모에 방한 마스크에 옷차림이 단단하다. 밧줄에 매인 그물을 '커터칼'로 잘라낸다. 그물코는 어디랄 데 없이 찢어져 너덜거리는 상태. 바다 밑바닥까지 풀어서 끌어당기는 과정에 그물코가 나간다. 요즘 잘 잡히는 어종은 광어, 대구, 도다리. 바다로 매일 나가서 어른 팔뚝 만한 고기를 예사로 잡아낸단다.

방파제 두 낚시꾼은 어째 쩨쩨하다. 손가락 크기 '꼬시래기'만 잡아낸다. 잡아내기는 연거푸 잡아내도 크기는 거기서 거기다. 꼬시래기 명당자리는 기역자 방파제 끝. 등대 바로 아래다. 육지 가장 낮은 곳에 선 사람이라 툭툭 던지는 말 한 마디 한 마디가 사람살이를 밝히는 등불이다. 경전 같다. "사람 사는 게 별것 있더나. 욕심내서 살아봐야 그게 그거지." 사람살이도 꼬시래기처럼 거기서 거기란 말씀이다.

낚시꾼은 말도 잘한다. 입을 열면 등불이 켜지고 다물면 꺼진다. 꺼내는 말 마디마디 깜박인다. 슬슬 술이 동하는지 '꼬시래기에 술 한잔, 꼬시래기에 술 한잔' 두 번인가 세 번을 그런다. 한잔 같이 하겠냔 말을 빙빙 돌려서 하니 마시기도 전에 어질어질하다. 어질어질해서 못 알아들은 척 자리를 뜬다. 이 엄동에 퍼지고 앉으면 좀 추울 것인가. 한 자리 붙박인 등대가 되어 꽁꽁 얼어붙을지도 모를 일이다.

갈매기는 얼어붙어 있다. 웅크리고 앉아선 꼼짝을 않는다. 갈매기가 웅크린 곳은 '삼발이'. 삼발이는 해안을 따라 징검다리처럼 놓여 있다. 삼발이마다 웅크리고 앉은 갈매기가 대리석으로 빚은 조각품 같다. 월천교 다리 아래는 백사장. 고작 한 뼘 두 뼘 백사장이지만 품은 넉넉하다. 밀려오는 파도를 일일이 품고 밀려오는 파도소리를 일일이 품는다. 갈매기 소리까지 품어 월천교 다리가 다 들썩인다.

대중교통은 몇 되지 않고 좀 뜸하다. 37번, 180번 시내버스가 다닌다. 노선은 인터넷 참조. 기장시장에서 마을버스 3번과 9번을 타도 된다. 월내 다음이 길천이다. 180번, 3번은 바다를 끼고 달린다. 기장바다는 멋을 한껏 부린 등대가 수두룩하다. 보는 족족 눈에 담아 둘 만하다. 식당

은 다양한 편. 바닷가 통유리 중국집에 자리 잡자 등대가 깜박이기 시작
한다. 홍등이 두 번 깜박인다. 홀로 깜박이는 외등이 외로워 보인다. 지
혜로 똘똘 뭉친 성자는 원래 외로운 법이다.

가덕도 · 남형제도 · 길천등대
"부산의 끝단등대"

한국은 삼면이 바다다. 서해 남해 동해 세 바다에서 가장 멀찍이 떨어진 등대가 한국의 끝단등대다.

서해 끝단등대는 격렬비열도등대. 서해 최서단 일렬로 늘어선 무인도가 격렬비열도다. 무인도는 모두 열. 등대는 1909년 6월 건립했다. 등탑은 9.7m, 백색 6각 도형 구조다. 광달거리는 22마일 41km다.

한국 최남단 등대는 마라도등대다. 1915년 3월 건립했으며 16m, 백색 8각형 구조다. 광달거리 21마일 39km. 한국에 상륙하는 태풍 길목에 있어 등대에서 관측하는 기상자료가 요긴하게 쓰인다.

독도등대는 동해 끝단등대. 1954년 8월 10일 처음 점등했고 1998년 12월 유인등대로 거듭났다. 소재지는 경북 울릉군 울릉읍 도동 산67. 21m, 백색 원형 구조다. 광달거리는 26마일 48km.

부산 끝단등대도 세 군데. 서쪽 가덕도등대, 남쪽 남형제도등대, 동쪽 길천등대다.

다 대 포 등 대

많고 크다, 다대

다대포등대는

말 많고

큰소리 내는 등대

했던 말 또 한다

다대포등대가 하는 말은

눈으로 듣는 등대

듣고 있으면

눈이 다 멍하다

넘어가는 해가

등대에게 붙잡혀

들은 말 또 듣고 있다

등대 꼭대기에 딱 걸려

등불이 되었다

말 많고 목소리까지 큰 '多大 등대' 밤바다

찾은 사람 눈빛마저 맑게 만들어

등대는 외골수다. 고집불통이다. 했던 말을 하고 또 한다. 누가 듣든 듣지 않든 속에 담아 둔 말을 하고 또 한다. 지치기도 하련만 눈치가 보이기도 하련만 전혀 움츠러들지 않는다. 저런 고집은 자신감에서 나온다. 내가 하는 말이 옳고 내가 하는 일이 올바르다는 자신감. 자신감이 있기에 단어 하나 바꾸지 않고 토씨 하나 바꾸지 않고 했던 말을 하고 또 한다.

등대가 하는 말은 질리지 않는다. 듣고 또 들어도 거슬리지 않는다. 등대가 하는 말은 누구를 다치게 하는 말이 아니라서 누구를 헐뜯는 말이 아니라서 듣기가 편하다. 말만 꺼내면 누구를 다치게 하고 누구를 헐뜯는 사람에 비하면 등대는 오히려 과묵한 편이다. 오히려 말이 없는 편이다.

눈빛을 보면 진정성이 담긴 말인지 아닌지 안다. 진정성이 담긴 눈빛은 맑고 깊다. 상대까지 맑고 깊게 한다. 등대 눈빛은 등불. 맑고 깊은 등불이고 진정성이 담긴 등불이다. 등불을 보고 있으면 누구라도 등대를 닮는다. 그래서 밤배의 눈빛이 맑고 깊다. 그래서 밤바다를 찾은 사람의 눈빛이 맑고 깊다.

다대포등대도 말 많은 등대. 말 많고 목소리 큰 등대. 그러나 어느 누구도 책잡지 않는다. 꼬투리 잡지 않는다. 말 한 마디 한 마디 진정성이 담긴 까닭이다. 그 진정성에 이끌려 낚시꾼이 찾아오고 그 진정성에 이끌려 넘어가는 해가 등대 꼭대기 머물다 간다. 등대 꼭대기 머물며 등불이 된다.

"낱개라서 낫개 아입니까." 다대포등대 가는 길, 방파제 입구에 낚싯배 매표소 컨테이너가 보인다. 여기서 배를 타면 나무섬, 형제섬, 외섬으로 간다. 매표소 이름은 낫개낚시터선착장. 매표소에 들앉은 사람에게 왜 낫개냐고 묻자 저기 저쪽 다대포구에서 낱개로 떨어져 나온 포구라서 그렇단다. 사람 좋아 보이는 이길우(58) 씨다. 낚시꾼을 태우고 다니는 은성호 선장이다.

등대는 방파제 끝자락에 있다. 붉은 등대다. 흰 등대가 있는 반대쪽 방파제는 다가가기 난망할 만큼 멀다. 등대 명칭은 다대포어항 방파제등대. 1997년 12월 19일 첫 점등했으며 홍등이 8초에 세 번 깜박인다. 해도 표기는 Fl(3)R8s다. 방파제등대가 대개 5초에 한 번, 6초에 한 번 깜박이는 걸 감안하면 깜박이는 횟수가 잦다. 다른 등대보다 두 배, 세 배 말이 많다. 참고로 영도등대는 18초에 3번을 깜박인다.

등대로 가려면 파래 내음을 헤치고 나아가야 한다. 방파제 여기저기 널브러진 밧줄에 달라붙은 파래가 후유후유 내뿜는 내음이 발걸음을 착착 감는다. 지금은 한창 파래철. 낙동강 민물과 태평양 바닷물이 교차하는 이 일대 파래는 최상품으로 꼽힌다. 다대포 앞바다에 그물을 띄우고 양식한다. 방파제 널브러진 밧줄이 파래 양식용 밧줄이다.

등대는 고혹하다. 립스틱 짙게 바른 듯 붉고 진한 맵시가 사람을 끌어당긴다. 그렇지만 선뜻 안아 보기는 좀 그렇다. 안아 보려다 안길 것 같고 안기면 숨이 탁 막힐 것 같다. 얼굴은 고혹한데 몸피가 육중한 이국 여인을 대하는 느낌이다. 등탑은 2층 구조다. 철제 출입문이 1층에도 있고 2층에도 있다. 1층 출입문을 열어 2층으로 올라가고 2층 출입문을 열어 등롱으로 들어간다.

등롱은 등이 있는 곳. 어두워지면 빛을 내보내는 등명기가 등롱 안에 있다. 다대포등대 등롱에는 등만 들앉은 게 아니다. 지는 해도 등롱에 들앉았다가 빠져나간다. 등대에 불이 들어오기엔 아직 이른 시간, 그 틈을 타 지는 해가 등불 노릇을 한다. 태양열 충전기가 해 지는 바다를 향해 비스듬히 서 있다.

바다는 바쁘다. 배가 연이어 다닌다. 방파제 이쪽으로 오는 배는 대부분 낚싯배. 주말이라 낚시꾼도 많고 낚싯배도 많다. 특수임무유공자회 재난구조단 배도 보인다. 방파제 저쪽으로 가는 배는 다대포로 가는 배. 다대포는 기장 대변과 함께 국가에서 관리하는 어항이다. 국가 어항답게 규모가 크고 들고나는 배가 많다.

다대포라고 하면 딱히 어디를 가리키는지 애매하다. 그만큼 다대포는 범위가 넓다. 해수욕장도 다대포고 몰운대도 다대포고 섶다리 개펄도 다대포다. 방파제 저쪽으로 가는 배는 다대포 어항으로 가는 배. 다대 포 어항은 어딜까. 수협 뒤 수산시장 겸 포구가 다대포 어항이다. 자갈 치보다 규모는 작지만 있을 건 다 있다. 봄 도다리, 여름 농어, 가을 전 어, 겨울 방어 등등.

"호롱불이 들어온 것 같네요." 지는 해가 등롱에 쏙 들어간 등대를 배경 으로 중년 부부가 서자 박정화 사진가가 셔터를 누른다. 중년 부부 부인 과 박 사진가는 부민초등학교 동창이다. 등대 배경 부부 사진은 처음이 라며 이혜영 동창이 낯을 붉힌다. 남편 박영택 씨는 시적이다. 해를 호 롱불로 읽어내는 시선이 온화하다. 거제 삼성중공업 출신이라 등대 왼 편에 보이는 조선소 육중한 구조물이 골리아스 크레인인 것도 알고 그게 무엇을 하는 건지도 안다.

방파제 낚시꾼이 잡아내는 고기는 농어. 연거푸 두 마리를 잡아낸다. 두 마리 다 새끼다. 방파제 담벼락은 온통 전화번호. 낚시꾼이 전화를 걸면 짜장면도 갖다 주고 치킨도 갖다 주고 왕족발도 갖다 준다. 나도 번호 하나쯤 남겨 두고 가야겠다. 전화를 걸면 언제든지 나를 부를 수 있는 번호. 아무나 걸면 안 되니 번호는 암호로 해 두자. 등대만이 알아보는 번호. 지는 해만이 알아보는 번호.

　가는 길. 다대현대아파트 버스정류소에서 내려 아파트 샛길로 내려가면 된다.

등탑은 대개 발산력 뛰어난 원통형, 기장에는 격식 타파형 많아 '관심'

등대 구조는 일반적으로 여섯 가지다. 등탑, 출입문, 창문, 층계, 등롱, 등명기다. 국제항로표지협회(IALA)의 몇 가지 기본 요건인 △친근감을 주는 개성이 있을 것 △누구나 식별하기 쉬울 것 등을 갖추면 되며 일정한 틀이나 규제는 없다.

등탑은 원통형이 일반적이다. 원통형은 사방팔방 시각적 발산력이 뛰어나다. 원통형이 일반적이지만 사각 팔각 등탑도 적지 않다. 아예 격식 타파형도 있다. 부산은 기장에 그런 등대가 많다. 창문은 하나인 경우도 있고 여럿인 경우도 있다. 없는 경우도 물론 있다. 보온과 방풍, 방습 등을 감안해 창을 낸다. 형태도 원형, 사각형, 삼각형 등 다양하다.

등롱은 등명기를 보호하는 구조물이다. 새가 있어서 조롱이고 등이 있어서 등롱이다. 유리창을 달아 밀폐한 경우가 있고 유리창을 달지 않아 개방한 경우가 있다. 등명기는 등대의 램프, 등대 핵이다. 여기서 빛을 내보낸다. 제품에 품질이 있듯 등명기엔 등질이 있다. 등대마다 고유의 등질이 있다. 등질은 등색과 주기(시퀀스, sequence), 광달거리로 표시한다. 영도등대의 경우 등질은 Fl(3)W18s23M이다. 백등(W)이 18초에 3번 깜박이며 빛이 닿는 광달거리는 23마일이란 뜻이다.

하 리 등 대

하리등대는 조개등대

땅을 다져서 기둥을 세우듯

조개껍질을 다져서 세운 등대

등대 아래를 파 보면

다문 입 벌리느라 조개에 묻은

할머니의 할머니 손때

할아버지의 할아버지 손때

저 손때가 나를 낳았구나

저 손때가 나를 길렀구나

어떤 껍질엔 속살이 붙어있어

알진주를 키우기도 하려니

진주가 다칠까 봐

눈으로 살살 긁으면서

등대 아래를 파 보는 사람들

생의 뿌리를 파 보는 사람들

고대사 엉킨 실타래 푼

영도 패총을 닮아서 매끈한 '하리등대'

등대는 서늘하다. 서늘한 기운이 감돈다. 숫돌에 잘 갈아 놓은 칼이다. 손을 대는 족족 베이고 마음을 대는 족족 베인다. 베여 핏물이 든다. 베일 것 알면서도 사람들은 등대를 찾는다. 찾아서 손을 대고 마음을 댄다. 등대 아래 서서 입술을 깨문 저기 저 사내. 입술에도 핏물이 들었으리라.

등대 아래 서면 사람도 등대를 닮는다. 서늘해져서 마음 밑바닥을 건드린다. 오래전 밑바닥에 가라앉은 기억들. 잊고 지내던 기억이 뿌옇게 일어나고 잊은 줄 알은 기억이 뿌옇게 일어난다. 등대에 손을 대고 마음을 대어 기억을 떠올리는 저 사내. 기억에도 분명 핏물이 들었으리라.

하리등대는 조개등대. 할머니의 할머니, 할아버지의 할아버지 손때가 묻은 조개껍질 위에 세운 등대. 조개 캐서 키워 낸 자식이 이어지고 이어져 오늘의 내가 있다. 하리등대는 저 오랜 시원을 건드리는 등대. 내가 어디서 왔는지 돌아보게 하는 등대. 잊고 지내던 기억을 떠올리게 하고, 잊은 줄 알았던 기억을 떠올리게 하는 등대다.

동삼동어항 방파제등대. 하리등대의 정식 명칭이다. 동삼동은 영도 동쪽 세 마을, 상리, 중리, 하리를 가리킨다. 셋 가운데 가장 아랫마을이 하리다. 영도는 섬. 섬에서도 벽촌인 하리지만 영도는 물론이고 부산은 물론이고 한국은 물론이고 동아시아에서도 그 이름이 높다. '세계를 내 품에 미래를 내 손에!' 세계로 나아가고 미래로 나아가는 국립 한국해양대를 품은 곳이 여기 하리고, 신석기 유적 패총이 잔뜩 출토되면서 고대사 엉킨 실타래를 푼 곳이 여기 하리다.

"요 앞에 요 잔디밭 아닙니까." 해양대 입구 반듯한 건물은 패총전시관. 신석기 생활이 어땠는지, 패총이 뭔지 전시한다. 가지런하게 되감긴 역사의 실타래! 전시관을 둘러본 뒤 패총 출토 자리를 묻자 안내직원은 곧장 통유리 바깥을 가리킨다. 직원이 가리키는 바깥은 잔디밭. 잔디밭 사이로 산책로가 아담하고 산책로 저 너머 방파제 흰 등대가 당당하다. 하리등대다.

고백해야겠다. 학교 다니는 동안에는 패총이 뭔지 제대로 몰랐다. 사람이 죽으면 흙 대신 조개껍질로 묻은 게 패총인 줄 알았다. 다 먹고 내다버린 조개껍질이 재이고 재여 패총이란 걸 학교 마치고 안 것이다. 동삼동 패총은 이 일대가 조개 천지란 걸 입증한다. 조개가 겹겹이 재여 조개 무덤이 되고 다시 세월이 겹겹이 흘러 조개 무덤 위에 집 짓고 살았단 걸 입증한다. 땅을 다져 집을 짓듯 조개껍질을 다져 지은 등대가 하리등대다.

"매립한다 아인교." 등대 가는 길이 질퍽거린다. 바닷물인지 빗물인지 고여서 신발을 버린다. 무슨 공사 중이다. 매립공사 중인데 한참 됐다고 하리 입구 분식집 아주머니가 귀띔한다. 얼큰한 라면으로 속을 푼다. 매립지 맞닿은 수면엔 오일펜스가 떠 있고 황색 등부표는 여기가 공사구역임을 알린다. 등부표는 달관의 경지다. 물살이 이리 흔들면 이리 흔들리고 저리 흔들면 저리 흔들린다.

방파제 오른편은 해양대. 그 너머로 오륙도방파제 흰 등대가 보이고 그 너머로 오륙도등대가 보인다. 하나는 방파제에 있는 무인등대고 하나는 섬에 있는 유인등대다. 등대와 등대 사이로 들어오는 군함은 듬직하다. 백운포 해군작전사령부로 진입하는 군함이다.

작년 들어선 국립 해양박물관도 보인다. 통유리 층층의 건물이 조개껍질 층층이 재어 놓은 패총 같다. 보이는 걸 어떻게든 패총과 연관 지으려는 이 경박함! 학교 다닐 땐 몰랐다가 뒤늦게 알아 놓고선, 쯧쯧. 늦게 든 바람이고 늦게 배운 도적질이다.

등대는 매끈하다. 밀물이 밀려오면서 모를 깎고 썰물이 밀려가면서 모를 깎아 표면이 매끈해진 백사장 조개껍질 같다. 이것 역시 늦바람이고

'늦도적질'! 오른편 방파제 등대라서 흰색이고 녹등이다. 5초에 한 번 깜박인다. 첫 점등일은 1991년 12월 16일. 등탑에 난 창문은 하나, 원형이다. 철제 출입문은 묵중하다. 일단 들어가면 다시는 열릴 것 같지 않은 철문이다. 저 안에서 용맹정진하는 자 눈빛이 등불이리라.

등명기는 투명유리 등롱에 있다. 등롱은 지붕 장식이 특이하다. 다른 데선 못 보던 거다. 언뜻 보면 손잡이 같다. 손잡이 장식이 둥근 지붕을 따라서 박혀 있다. 사람 미끄러지지 말란 손잡이인가 물새 미끄러지지 말란 손잡이인가. 나도 누군가에겐 손잡이였으리라, 그렇게 생각하다 곧 거둬들인다. 자신이 서지 않는다. 괜히 해 본 생각이 나를 미끄러뜨린다. 바다로 처박는다.

못 보던 장식은 또 있다. 핸들 모양 조타기 장식이다. 손잡이 위에 있다. 조타기는 배가 나아가는 방향을 조종하는 장치. 배가 나아가듯 하리등대도 나아가고 싶으리라. 조타기 둥근 핸들을 따라 숨구멍 콧구멍이 뽕뽕 나 있다. 한 치도 나아가지 못하는 등대. 얼마나 답답했으면 숨구멍 콧구멍을 저리도 내었을까. 등탑은 원통형. 폭은 아래와 위가 약간 다르다. 위가 좁다. 좁아도 아주 많이는 좁지 않고 약간만 좁다. 사람도 저래야 하지 싶다. 속과 겉이 똑같기를 바라는 건 무리일 터. 달라도 아주 많이는 다르지 말고 약간만 달라야 하지 싶다.

수평선 구름은 홍조다. 불그레하다. 합방을 앞둔 신부의 볼이다. 해가 져 첫날밤이 다가오니 구름은 부끄러운 기색이다. 부끄러워하는 구름을 바다는 날름날름 넘본다. 캄캄해지면 방문을 꼭꼭 닫아걸 심보다. 영도 입구에서 태종대 가는 버스를 타고 해양대 입구에서 내리거나 다음 정류소 하리에서 내리면 된다. 패총전시관에 가 보려면 해양대에서 내려야 한다.

미 포 등 대

미포등대는

내 젊은 날 읽던 문고판 등대

열아홉 스물 생의 기록

문고판에서

툭 떨어지듯

열아홉 스물 생의 기억

툭 점등한다

이내 꺼지고 말지라도

점등의 순간은 낭랑하다

무슨 말 써 있나 들어 보려고

해운대 바닷물 빙 둘러앉았다

손가락에 바닷물 묻혀

한 장 한 장 넘기는 문고판

중요한 대목에 꼭 불 나가고

바닷물 탄식하는 소리

포구에서 반신욕 하던 배가

그 소리 떠밀려 휘청댄다

다들 머리 치켜드는 세상…

자신 낮추는 중용의 자세 보여 주다

등대는 중용이다. 어느 한 쪽에 치우치지 않는다. 늘 켜져 있지도 않고 늘 꺼져 있지도 않다. 늘 켜져 있어도 등대가 아니고 늘 꺼져 있어도 등대가 아니다. 켜짐과 꺼짐 그 중간자가 등대다.

중용은 그러나 적당주의가 아니다. 이래도 좋고 저래도 좋은 게 중용이 아니며 이쪽저쪽 기분을 두루 맞추는 게 중용이 아니다. 그런 처신은 중용이 아니고 굴신이다. 굴신이고 굴심이다. 자신을 낮추되 구부리지 않아야 중용에 가까워진다.

중용은 언제 빛나는가. 해야 할 말은 기어이 할 때 빛나고 하지 말아야 할 말은 기어이 하지 않을 때 빛난다. 그럼으로써 말도 빛나고 침묵도 빛난다. 이렇게 말을 바꾸는 것도 가능하겠다. 말은 침묵으로서 빛나고 침묵은 말로서 빛난다고.

등대가 그렇다. 말도 빛나고 침묵도 빛난다. 깜박여야 할 때 깜박이고 깜박이지 않아야 할 때 깜박이지 않기에 등대는 등대다. 그게 대수냐고? 대수다. 적어도 나에겐 그렇다. 결정적인 순간에 입을 다물었던 숱한 나여! 결정적인 순간에 주둥이를 놀렸던 숱한 나여!

미포등대는 어딘지 모르게 초라해 보이는 등대다. 꼬리 미(尾)가 들어간 이름도 그렇고 깡마른 몸집도 그렇다. 다들 머리를 치켜드는 세상에 꼬리를 자처하는 이름에서 자신을 낮추는 중용의 일단을 엿본다. 깡마른 몸집은 몇 끼 굶기를 예사로 하는 고행의 수도승이다. 세상 고뇌를 혼자 짊어진 선지자다.

미포등대는 6초에 두 번 깜박인다. 깜박이는 순간도 짧고 깜박이지 않는 순간도 짧다. 그렇지만 그 짧은 매순간 전력을 다해 깜박이고 전력을 다해 깜박이지 않는다. 등대가 깜박이면 수평선 방향에서 연꽃 등표가 깜박이고 오륙도등대가 깜박인다. 모두들 전력을 다해 깜박이고 전력을 다해 깜박이지 않는다.

등대 정식 명칭은 미포항 방파제등대. 방파제는 하나이고 포구 왼편에 있어서 붉은 등대고 홍등이다. 첫 점등일은 1999년 10월 28일이다. 등대가 낯익다. 고리원자력발전소 가까운 길천등대와 생김새, 재질, 색깔이 똑같다. 그러고 보니 6초에 두 번 깜박이는 것도 같다. 일란성 쌍둥이다. 쌍둥이가 산모퉁이 돌아 기장바다에 있다는 걸 알려 줘야 하나 말아야 하나.

산은 와우산. 소가 누운 형상이라서 와우(臥牛)다. 소는 누워서 달맞이언덕을 품고 문탠로드를 품는다. 미포는 소꼬리 포구. 누운 소 꼬리께가 여기 미포항이다. 해운대해수욕장에서 동백섬 반대방향으로 가면 유람선 선착장이 나오고 선착장에서 보면 포구와 방파제와 등대가 한눈에 잡힌다. 영화 '해운대' 주 무대가 미포이고 설경구, 하지원, 그 다음 주연이 미포등대다. 미포어촌계 공동활어판매장에서 우회전하면 등대가 나온다.

"고생은 돼도 내외가 하면 괜찮지요." 등을 구부정 구부린 어부가 통발 그물코를 깁고 있다. 올해 오십. 아직 장가를 못 갔단다. 놀기를 좋아해서 못 갔고 여자에 취미가 없어서 못 갔다고. 아버지 따라 11살 때부터 고기잡이를 했으니 40년 베테랑 어부다. 통발에 넣어 두는 먹이는 정어리. 문어와 장어가 든다. 새벽 두 시 반 집에서 나와 세 시면 출항한다. 앞바다에서 두어 시간 조업하고 돌아오면 그제야 먼동이 튼다. 부부가 같이 작업하면 통발을 5백 정도 놓고 자기처럼 혼자 하면 2백밖에 못 놓는데 5백이면 수입이 괜찮다고 한다.

포구에 정박한 배는 대개가 연안어선이다. 멀리 나가지 않고 가까운 바다 당일치기 고깃배가 포구를 메운다. 1, 2톤 통발어선이며 4, 5톤짜리 자망어선이 보인다. 자망은 물고기가 그물코에 걸려서 잡히도록 하는 그물. 배는 반신욕 중이다. 수면에 상반신을 드러낸 갈매기처럼 배 아래를 푹 담그고 있다. 몸이 굳은 건지 때가 많은 건지 탕을 나갈 생각을 않는다. 저렇게 새벽 두세 시까지 갈 모양이다.

"풍랑주의보만 안 불면 매일 열려요." 몇 년 전 신축한 회 타운 건물 모퉁이. 수건을 둘러쓴 두 할머니가 해바라기를 한다. 새벽에 배가 들어오면 활어를 받아서 횟감으로 파는 할머니다. 모퉁이 공터는 새벽 장터. 풍랑주의보만 안 불면 새벽 5시 반부터 오전 11시까지 장이 선다. 순전히 자연산 어물전이다. 한 접시 2만 원 안팎이다. 말만 잘 하면 1만 원짜리도 가능하다. 초장 값은 따로다. 낮술에 취하면 눈에 보이는 게 없다지만 새벽 술에 취하면 더 그렇다. 떠오르는 해에다 대고 삿대질을 해 댄다.

유람선 선착장 동백88호는 출항하기 직전이다. 갓난아기를 안은 젊은 부부가 뱃전에서 새우깡을 내밀자 갈매기가 떼거리로 몰려든다. 몰려들어 내미는 먹이를 넙죽넙죽 잘도 받아먹는다. 수면으로 떨어지는 먹이를 낚아채는 재주가 정일품이다. 주는 걸 받아먹다가 버릇 되면 살아나가기 힘들 텐데 싫다가도 거둬들인다. 저것 또한 저들의 생존방식이고 저들의 재주다.

동백88호가 후진한다. 뱃머리를 우측으로 트는가 싶더니 오륙도 쪽으로 냅뜬다. 여기서 오륙도까지는 왕복 1시간. 요금이 좀 세다. 어른 1만 2천900원, 아이 1만 2천 원. 유람선 후미 태극기가 펄럭이고 뒤좇는 갈매기 날개가 펄럭인다. 유람선이 일으키는 물살 너머로 해수욕장이 보인다. 백사장 모래에 파묻어 놓곤 찾지 못한 기억들. 찾지 못하고 까먹은 젊은 날 기억들. 미포등대 아래에 서면 태극기가 펄럭이듯 갈매기 날개가 펄럭이듯 젊은 날 기억이 펄럭인다.

동백섬 너머는 고층 아파트. 내 아는 사람 몇이 저기 산다. 한번 놀러 오라는 인사들을 진작 받았는데 아직 가 보진 못했다. 낮엔 위압적이지만 어둠이 깊을수록 아파트 불빛은 깊어진다. 저 불빛인들 시가 되지 않으랴. 켜진 시간이 길고 꺼진 시간이 길어서 그렇지 늘 켜져 있지도 않고 늘 꺼져 있지도 않는 아파트 불빛. 등불이라면 등불이겠다. 저기선 여기 등대가 어떻게 보이는지 한번 놀러 가 봐야겠다.

700리 여정 부산 갈맷길
9코스 20구간으로 구성

와우산 문탠로드는 갈맷길 길목이다. 갈맷길은 부산을 대표하는 그린 웨이. 두 가지 뜻이 있다. 하나는 갈매기를 보며 걷는 길이란 뜻이고 다른 하나는 갈맷빛 짙은 초록의 길이란 뜻이다. 그래서 갈맷길은 바닷가에도 있고 강변에도 있고 숲에도 있다. 문탠로드는 바다를 보며 걷는 숲길. 햇빛에 몸을 태우는 게 선탠이라면 달빛에 마음을 태우는 게 문탠이다.

부산 갈맷길은 9코스 20구간으로 나눈다. 길이로 따지면 모두 700리다. 낙동강 800리 버금간다. 문탠로드는 1코스 2구간 갈맷길에 해당한다. 1코스 출발지는 임랑해수욕장이고 종착지가 문탠로드다. 2코스부터는 앞 코스 종착지가 출발지다. 코스별 종착지는 다음과 같다. 2코스 오륙도 유람선 선착장. 3코스 태종대 유원지 입구.

4코스는 앞 코스 종착지인 태종대가 출발지가 아니라 남항대교 영도 입구가 출발지이고 종착지는 몰운대. 다음은 이후 코스다. 5코스 낙동강 하구둑~가덕도 천가교. 6코스 낙동강 하구둑~성지곡수원지. 7코스 성지곡수원지~선동 상현마을. 8코스 상현마을~민락교. 9코스 상현마을~기장군청. 코스별 완주 스탬프를 모두 찍으면 기념품이 있다.

문의 : 부산광역시 자치행정과(051-888-2291~5)
사단법인 걷고싶은 부산(051-505-2030)

월 전 등 대

월전은 달밭

마음이 밭이라면

달뜬 마음이 월전이다

월전에 가 보라

바다 가장 가까운 언덕

파도소리 스며드는 언덕에서

마음에 뜬 달을 바라보는 사람들

사랑에 빠졌거나

빠질 것 같은 사람들

차가운 날도

물 속은 따뜻하듯

차갑고 시린 사랑도

그 속은 따뜻하려니

월전에서는 등대도

사랑에 빠졌거나

빠질 것 같다

바다 가장 가까운 곳

누구보다 먼저 오고

누구보다 오래 있는

월전등대

바다 가장 가까운 곳, 달뜬 마음에

사랑에 빠질 것 같은…

등대는 민낯이다. 화장하지 않는다. 잘 보이려고 한 번 반짝이는 등불을 두 번 세 번 반짝이지 않는다. 잘 보이려고 단색인 등탑에 알록달록 덧칠하지 않는다. 그리하여 상대의 판단과 결정에 끼어들지 않는다. 이리로 올지 저리로 갈지 판단과 결정은 오로지 상대의 몫. 등대는 보이기만 하지 강요하지 않는다.

등대는 담담하다. 이리로 오든 저리로 가든 순순히 받아들인다. 슬퍼하거나 노하지 않는다. 삶을 노래한 푸시킨 시 같다. 등대의 달관은 외로움에서 온다. 외로움의 깊이를 알기에 이리로 와도 물리치지 않고 저리로 가도 붙잡지 않는다. 나는 얼마나 외로워야 순순히 받아들일까. 슬퍼하거나 노하지 않을까. 얼마나 외로워야 나는 달관할까.

사랑도 그래야 한다. 민낯이고 담담해야 한다. 있는 그대로를 보여 주고 있는 그대로를 받아들여야 사랑은 비로소 사랑이 된다. 이루고 싶어도 이루지 못한 사랑은 모두 내 탓. 이리로 오기를 강요한 잘못이 크고 저리로 못 가게 붙잡은 잘못이 크다. 더 큰 잘못은 같은 잘못이 되풀이돼 왔다는 것. 이때까지 그래 왔듯 앞으로도 그러하리란 것. 아, 사랑이여! 나는 언제쯤 사랑에 대범할 것인가.

월전등대는 일명 장어등대. 생긴 게 장어다. 몸을 배배 꼰 장어가 수면을 박차고 치솟는 형상이 힘차다. 장어는 미끌미끌한 물고기. 여기 등대도 미끌미끌하다. 잡으려 해도 잡히지 않는다. 쏙쏙 빠져나간다. 손을 오므려도 빠져나가고 눈을 깜박여도 빠져나간다. 월전등대는 그래서 가져가지는 못하는 등대다. 그냥 만져 보기만 하고 그냥 보기만 하는 등대다. 중년 부부가 등대에 왔다간 빈손으로 돌아가고 배낭 차림 대학생이 빈손으로 돌아간다.

"손님, 뭘 찾아예?" 월전에선 보이는 것도 장어지만 냄새도 장어다. 등대 방파제 가는 길. 장어 굽는 냄새가 길을 막는다. 장어는 횟집에 서도 팔고 월전 활어판매장 간판을 내건 천막에서도 판다. 천막 안쪽에 전을 벌인 어물전은 열 남짓. 어물전마다 내놓은 고무대야도 열 남짓. 열 남짓 대야에서 두셋은 장어가 차지해 월전 이름값을 한다. 대야를 기웃거리자 아낙이 다가와 장어를 권한다. 배배 엉킨 장어들이 나와 눈을 마주치지 않으려고 대가리를 처박는다.

월전등대도 길천등대처럼 하나 뿐인 외등대. 포구 왼쪽에 있는 등대라서 붉다. 정식 명칭은 월전항 방파제등대. 매립되기 이전 한적한 포구였던 월전에 삼십 대 초반 여섯 달 살았다. 그때만 해도 등대 방파제가 없었고 등대도 당연히 없었다. 해안을 매립하고 매립지에서 장어를 팔고 장어등대가 생기고 하면서 월전은 세상을 보는 안목이 높아졌다. 안목이 등대처럼 흰칠해졌다.

월전등대는 디자인이 독창적이다. 안전 운항을 돕는 고유의 기능에다가 관광과 지역특성을 감안한 디자인이다. 볼수록 미끌미끌하다. 잡으려고 해도 잡히지 않는다. 콘크리트 재질 사각형 등대이며 2009년 9월 9일 첫 점등했다. 9가 두 번 겹치면 좋은 날. 세 번이나 겹쳤으니 겹으로 좋은 날이다. 4초에 한 번 홍등이 깜박인다.

월전등대는 전망대 등대이기도 하다. 전망대가 1층에도 있고 2층에도 있다. 다가오는 사람을 가로막지 않고 기꺼이 받아들이는 품새가 넓어 보인다. 2층 전망대에서 내다보면 왼편에 갯바위가 보인다. 파도가 철썩철썩 때려 시퍼런 멍이 든 갯바위다. 갯바위를 때린 파도도 멍들어 시퍼렇다. 방파제 낚시꾼이라 다를까. 얼굴이 시퍼렇게 얼어 있다.

등대 내부는 묘하다. 아래위 전망대를 갖춘 등대답게 탁 트인 구조이면서 안을 감싸는 구조다. 탁 트이면서도 감싸는 느낌이 꽤 괜찮은 남자 같고 꽤 괜찮은 여자 같다. 2층 전망대엔 등대 꼭대기로 올라가는 철제 계단이 나 있다. 계단 역시 이중구조다. 내장형도 아니면서 외장형도 아닌

게 나에게 일침을 놓는다. 나는 속과 겉을 다 드러내고 사는가. 속과 겉이 다르지 않고 같은가.

"어머!" 갯바위 안쪽은 월전 꽃동산이란 입석을 세워 놓은 언덕배기. 이식한 소나무 한 그루 운치 있게 시들어 가는 언덕배기 끝자락에 서서 청춘남녀가 커피잔을 홀짝이며 바다에 빠져 있다. 여자는 뾰족구두. 여자가 돌아서다가 짧은 비명을 내지르며 휘청댄다. 남자가 얼른 부축한다. 받쳐 주는 부목도 없이 시들어 가는 소나무. 부러워 죽겠다는 듯 가지를 양팔처럼 치켜들어 하트 모양을 만든다. 뾰족구두 멋쟁이 아가씨 긴 머릿결이 갈대처럼 휘날린다. 갈대처럼 휘날리며 보는 사람 마음을 간질인다.

지금은 겨울. 겨울이라곤 해도 입춘이 지나서 우수가 지나서 한시름 놓는 겨울이다. 시들어 가는 나무 아래로 새로 돋아나는 싹들. 새싹들이 곧 봄임을 알린다. 생명은 그렇게 유장하게 이어진다. 어쩌면 사랑도 그러리라. 한 사랑이 생을 마감하면 다른 사랑이 돋아나 사랑은 오래오래 이어지리라. 믿음과 소망과 사랑, 그중에 제일은 사랑이지 않은가.

가는 길. 기장시장에서 6번 마을버스를 타거나 대변에서 울산 방향 해안도로를 따라가면 된다.

장어등대서 장어를 배우다!

 장어는 남성적 힘의 상징이다. 손아귀 잡혀서도 휘둘러 대는 꼬리는 보기만 해도 힘이 솟구친다. 장어는 모두 몇 종류일까. 네 종류다. 민물장어가 한 종류고 바다장어가 세 종류다. 민물장어는 뱀처럼 생겨 뱀장어라 부르고 바다장어는 붕장어, 갯장어, 먹장어다.

 민물장어는 귀하다. 군 복무 시절 훈련 도중 잡아서 상납했더니 포상휴가 주더란 우스개가 있다. 부산은 부전시장에 자연산 민물장어가 넘쳐 난다. 민물장어이긴 해도 태어나기는 바다에서 태어난다. 바다에서 태어나 강에서 생활하는 넉살 좋은 어류다. 강으로 올라오는 실뱀장어를 그물로 잡아 양식한다.

 붕장어는 일본말로 '아나고[穴子]'다. 모랫바닥에 구멍을 뚫고 들어가는 붕장어 습성이 구멍 혈(穴) 이름을 얻었다. 부산은 칠암 붕장어가 유명하다. 월전에서 구워 먹는 장어 역시 붕장어다. 갯장어 일본말은 '하모'다. 아무거나 잘 문다는 뜻이다. 생긴 것도 잘 물게 생겼다. 이빨이 아주 날카롭고 강하다. 자갈치에서 파는 '곰장어'는 아래한글로 치면 붉은 줄이 쳐진다. 먹장어가 올바르다. 눈이 멀어서 먹장어다.

학 리 등 대

학처럼 살자 했건만

학처럼 살아지지 않는다

나를 좋게 보는 이들은

내 잘못이 아니라고 하지만

사는 게 원래 그래서 그렇다지만

그 말은 어떻게 믿나

학처럼 살자 해 놓고

나는 너무 부대꼈다

너무 날렸다

어떻게 해 보려고

파도가 집적거리고

파도소리가 집적거려도

털끝 하나 어쩌지 못하는

백학 한 마리

고고하다, 외롭고 높다,

학처럼…

등대는 학이다. 고고하다. 외롭고 높다. 외롭고 높아서 세속과 거리를 둔다. 세속과 거리를 두지 못하는 우리네 보통사람은 자축인묘 십이지신. 십이지신은 쥐, 소, 범, 용, 말…. 쥐, 소는 그렇다 치더라도 범보다 고고하고 용보다 고고하다고 본 게 학이다. 그래서 이름자에 학을 잘 쓰지 않는다. 학을 쓰면 외롭기에. 세속과 거리를 두고 외톨이로 지내야 하기에.

등대는 외톨이다. 외톨이긴 해도 자발적 외톨이다. 사람도 그런 사람이 있다. 사람들이 거리를 둬서 외톨이가 된 게 아니라 저 스스로 사람들에게 거리를 둬서 외톨이가 된 사람. 저 스스로 등대를 찾는 사람에게도 비슷한 면이 있다. 외톨이로 지내면 안 되는 게 삶이라서 웃고 떠들고는 하지만 마음속 깊은 곳은 늘 외톨이인 사람. 그런 사람이 등대를 찾고 등대를 찾는 동안이나마 자발적 외톨이가 된다.

 등대를 찾아서 무엇을 얻는가. 무엇을 버리고 무엇을 얻는가. 살면서 아주 가끔 마주치는 어떤 순간순간이 있다. 무엇을 얻는다는 생각조차 놓아 버리는 순간순간. 말장난 같이 들릴지 모르지만 등대를 찾아 무엇을 얻겠다는 생각조차 놓는 순간 등대와 사람은 비로소 합일이 된다. 마음속 깊은 곳 외롭고 높아서 고고한 사람이 된다. 고고한 학이 된다.

 학리(鶴里)는 학이 살았다는 포구 마을이다. 학 이야기는 마을 노인들 구전으로 내려온다. 학이 둥지를 튼 나무는 두 그루 당산나무. 한 그루는 소나무고 한 그루는 포구나무로 불리는 팽나무다. 소나무는 넘어질 듯 기울어져 부목으로 받쳤고 팽나무는 나뭇가지가 할아버지 덥수룩한 수염마냥 곱슬곱슬하다. 당산나무는 슈퍼 샛길로 들어가면 나온다.

 "몰라. 시집올 때도 있었어." 샛길 길목에 두 할머니가 마실 나와 있다. 한 분은 주름살이 깊다. 연세를 여쭤보자 맞춰 보란다. 힌트를 준다. 학리 건너편 갯가 이천에서 가마 타고 시집와 60년을 학리에서 산단다. 시집올 때 나이는 22살. 학이 살았다는 당산나무를 가리키며 나이는 모르지만 몇백 년은 됐을 거란다.

 당산나무는 두 그루. 나무 사이로 방파제가 보이고 등대가 보인다. 등대는 외등이고 홍등이다. 바깥으로 드러난 등명기는 멀리서 봐도 새파랗다. 학의 눈매가 저럴까. 별다른 치장 없이 단아해서 학의 자태라고 우겨도 토 달 사람은 별로 없겠다. 방파제 제방을 따라 낚시꾼이 붐빈다. 너무 가까이 다가가면 등대가 날아갈지도 모르는데 사람들은 조심성도 없다. 등대 아래도 낚시꾼인지 구경꾼인지 사람 몇, 등대가 신경이 곤두서겠다.

학리 앞바다는 공사가 한창이다. 수면엔 오일펜스가 몇 군데 쳐져 있다. 공사구역임을 알리는 황색 등부표가 몇 보인다. 학리항 정비공사 알림판도 보인다. 알림판은 또 있다. 학리 해녀들 포장마차는 공사가 끝나는 5월 말 돌아온다는 내용이다. 학리 포장마차는 말미잘 매운탕이 일품이다. 별명이 십전대보탕이다.

"한 번 보는데 5백 원이요." 냄비가 작아 라면이 보글보글 넘친다. 일요일 방파제는 사람 맛이 난다. 낚시하는 사람, 회 치는 사람, 구경하는 사람. 한 사람이 한 마디씩만 해도 백 마디는 되겠다. 라면 낚시꾼 쿨러를 들여다본다. 장정 손바닥보다 넓적한 도다리가 무슨 영문인지 모르겠다는 듯 통방울눈을 멀뚱댄다. 낚시꾼은 도다리를 보려면 돈을 내야 한다며 너스레다. 다른 낚시꾼은 잡았다 하면 가느다란 학꽁치인데 도다리를 잡았으니 큰소리 칠 만도 하다.

방파제 끝 등대에선 삼겹살 파티다. 삼겹살 굽는 냄새에 등대가 발목이 잡혔다. 사람들이 집적여도 훨훨 날아가지 않고서 꼼지락댄다. 등대 명칭은 학리항 방파제등대. 1999년 6월 1일 첫 점등했다. 녹등을 5초에 두 번 깜박인다. 창문은 따로 내지 않고 꼭대기 등명기 주변으로 난간을 둘렀다. 저 난간은 무슨 의도일까. 등명기를 살아 꿈틀대는 생명으로 본 것인가. 꿈틀대다가 등대 아래로 굴러떨어지는 일이 없도록 배려한 것인가.

등대 아래는 갯바위와 삼발이가 반반이다. 오일펜스야 쳐졌든 말든 파도는 갯바위와 삼발이 틈새로 스며들고 파도를 따라서 파도소리 또한 스며든다. 파도는 하루 몇 번을 칠까. 하루 몇 번을 쳐서 가만히 지내는 고고한 등대를 집적이는 걸까. 일요일이라 보는 사람이 많으니 파도도 파도소리도 등대를 표나게 집적이진 않는다. 대신에 집요하다. 슬금슬금 몰려와 가랑비에 옷 젖듯 등대를 떠받친 갯바위와 삼발이를 적신다.

등대 맞은편 저 멀리 보이는 산은 좌천 달음산. 산꼭대기가 봉분처럼 생긴 암벽이라 어디서 봐도 티가 난다. 암벽 옆으로 철탑이 보인다. 어두워지면 등대에 불이 들어오듯 저 철탑에도 불이 들어오리라. 보기만 하고 가닿을 순 없는 두 불빛. 애절한 불빛이 깜박이는 밤 풍경은 또 얼마나 애절할 것인가. 언제든 날개를 펴고 날아갈 수 있는 학리등대지만 꾹 참는 저 인내 역시 사랑이다.

"참 하얗구나 느꼈어요." 해운대 신시가지 대림유치원 강미경 원감은 송정초등 38회. 지금도 집이 송정이라 바다를 끼고 산다. 끼고 살아도 바다는 늘 새롭다. 등대도 그렇다. 볼 때마다 새롭고 새롭게 하나하나 알아 가는 기분이다. 그럴 수밖에. 다 같아 보여도 다 다른 게 등대니까. 학리등대는 멀리서 볼 때도 유별나게 하얗다고 느꼈는데 가까이서 보니 더 하얀 것 같다며 촌평한다. 멀리서 볼 때도 하얗고 가까이서 봐도 하얀 사람, 학 같은 사람. 강 원감이 그런 사람을 만나면 좋겠다. 원감 선생은 아직 결혼 전이다. 찾아가는 길. 기장시장에서 마을버스 2번을 타면 된다.

일광에 왜 윤선도 시비가 있을까?

마을버스 2번은 일광해수욕장을 지난다. 기차가 으뜸 대중교통이던 시절 일광역도 잘 나갔고 해수욕장도 잘 나갔다. 부모형제 일가족이 기차 타고 피서 온 기억이 난다. 초등학교 1학년 여름 아버지가 돌아가셨으니 취학 전이었지 싶다. 일광엔 삼성대가 있다. 삼성대는 백사장 아담한 언덕 같은 곳. 왜 삼성대인지는 여러 가지 설이 있다. 고려 말 세 성현인 포은 정몽주, 목은 이색, 도은 이숭인이 다녀갔다는 설도 그중 하나. 물론 설이다.

삼성대엔 시를 새긴 석비가 있다. 시는 두 수. 두 수 다 고산 윤선도 한시다. 동해 끝자락 일광 바다에 무슨 연유로 윤선도 시비가 있을까. 이 부근에 윤선도 유배지가 있다. 유배지는 일광에서 학리를 돌아가면 나오는 포구마을 죽성. 윤선도는 30대, 50대, 70대 도합 세 번을 유배 갔다. 30대 4년 6개월인가 7개월 유배생활을 한 곳이 죽성이다.

일광엔 한글 문학비도 둘 있다. 모두 오영수 문학비다. 오영수는 한국 현대소설 2세대쯤 된다. 일제 말 강제징용을 피해 처남이 면사무소 서기로 있는 일광으로 거처를 옮기면서 여기와 인연을 맺었다. 오영수 단편 '갯마을'에 H리라는 지명이 나온다. 엄밀히 따지면 다퉈 볼 여지가 있지만 그 H리가 여기 학리이지 않을까. 대체로 그렇게 받아들인다.

남부민등대

심지에 불 붙이고

철야 기도 들어간 저 등대

신이시여

무사히 돌아오게 하소서

아무 탈 없이 돌아와

한지 고이 싸놓은

머리카락이며 손톱 발톱

훌훌 태워버리게 하소서

돈 벌어 와 호강시켜 주겠다던

여보!

아버지!

같이 있는 것만으로도

이 세상 가장 큰 호강이려니

이제는 그만 돌아오소서

철야 등불

심지 다 타기 전

아랫목 뜨뜻한 지상으로 오소서

등대는 묵언이다,

눈만 끔뻑거릴 뿐 다 말하진 않겠단 표정이다

등대는 작별이다. 등대는 재회다. 등대를 보며 먼바다로 나가는 사람들. 등대를 보며 먼바다에서 돌아오는 사람들. 망망대해 먼바다에서 한 달을 예사로 떠다니고 몇 달을 예사로 떠다니는 뱃사람에게 등대는 작별이며 재회다. 가까운 이들과 떨어져 지내야 하는 작별의 심사는 오죽 무거우며 그들과 다시 만나는 재회의 심사는 오죽 가벼울 것인가.

나도 그랬다. 무겁고 가벼웠다. 25일 일정으로 고등어 선망어선을 타고 먼바다로 나갔고 사정이 여의치 않아 한 주일 후 먼바다에서 돌아왔던 재작년인가 재재작년. 나가던 날도 돌아오던 날도 새벽안개에 가려 등대는 희뿌옇게 보였다. 무거웠다 가벼웠다, 이랬다저랬다 내 심사를 젓가락질하듯 헤집던 등대. 마주 보며 선 등대는 젓가락 같기도 했다.

그해 새벽 희뿌옇게 보이던 등대가 남부민등대다. 정식 명칭은 부산남항 서방파제등대. 남항은 어항이다. 북항이 화물과 해운 전문이라면 남항은 수산업 중심 항구다. 원양어업기지 모항이기도 하다. 방파제는 1931년 지어졌다. 등대는 세월이 한참 지나 2002년 4월 6일 첫 점등했다. 녹등을 5초에 한 번 깜박인다. 맞은편 영선동방파제 빨간 등대 정식 명칭은 부산남항 동방파제등대. 1998년 11월 3일 첫 점등했고 홍등을 5초에 한 번 깜박인다.

등대로 가는 길은 까마득하다. 등대 초입은 송도 아랫길. 부산공동어시장을 지나 우리은행 샛길로 접어들면 나온다. 샛길로 접어들면 간판은 온통 등대다. 등대노인회관, 등대할매집, 등대횟집. 간판을 훑어보며 계단을 오르면 등대로 이어지는 방파제 길이 펼쳐진다. 2백보 걷고서 걸어온 길을 돌아보니 아직 절반도 걷지 않았을 만큼 까마득한 길이다. 휘어진 길이라 끝은 보이지도 않는다. 보는 것도 아득한데 일제강점기 무거운 돌을 이고 지며 저 긴 방파제는 어찌 쌓았을까.

등대가 가까워진다. 조선시대 장군 투구를 쓴 형상이다. 눈매가 새파란 게 호랑이 기상이다. 일자 원통형이고 육지 쪽으로 창문이 등탑 아래위 두 짝 나 있다. 바람 때문에, 습기 때문에, 그리고 보온 때문에 창을 많이는 내지 않는다. 창틀이 네모 반듯한 게 단순간결미가 돋보인다. 창문은 팔을 뻗어도 닿지 않을 만큼 높다. 창문 안으로 뭐가 보일까. 창문이 달린 다락방을 갖고 싶었던 어린 시절이 보일까.

드디어 등대. 우람하고 높다랗다. 장정 열 명이 양팔을 벌려서 맞잡아야 겨우 안아볼 수 있겠다. 높기도 높아 턱을 위로 쳐들어야 상단이 보인다. 등대에 기대앉는다. 등대에 기대앉아 해삼 안주에 소주를 마셨다던 시인이 생각난다. 술은 내가 마시는데 취하기는 바다가 취한다고 노래한 등대시인 이생진이다. 지난 여름 행사를 마치고 등대처럼 마주 보며 식사했는데 눈빛이 등불처럼 맑았던 분이다.

등대 주변을 둘러본다. 영도 봉래산에서 시작한 가깝고 먼 산들이 등대를 에워쌌다. 등대 외항은 송도에서 영도로 이어지는 남항대교와 수평선이 차지했고 자갈치며 부산공동어시장은 내항 차지다. 어시장은 올해 개장 50주년이다. 어시장 앞바다엔 노란색 등대 네댓 기가 일렬로 떠서 이리 기우뚱대고 저리 기우뚱댄다. 바다에 떠 있다 해서 부표라 부르고 등불이 들어온다 해서 등부표로 부르는 등대다. 그러고 보니 남항대교 아래론 작대기처럼 보이는 붉은색 등대가 왼편에 일렬로, 초록색 등대가 오른편에 일렬로 세워져 있다. 등대 일종으로 등주라 불린다.

등대 아래 간이 전시관이 있다. 전시 제목은 남항 이야기. '과거와 현재의 채움의 공간'이 주제다. 여기 방파제 준공 전후 부산 바닷가 역사를 사진과 함께 소상하게 알려 준다. 60년대와 70년대 급성장한 연근해 수산업과 원양어업 이력도 곁들인다. 1963년 개장한 어시장 역시 수산업과 원양어업이 호황을 누리던 시기의 산물이다. 그러니까 남부민등대가 굽어보는 이 뱃길은 한국에서 가장 크고 가장 멀리 나가는 어선이 다닌 뱃길. 핍진했던 그 시절 한국을 먹여 살린 뱃길이다. 외화를 벌어들였던 기회의 뱃길이자 생명을 담보로 했던 고난의 뱃길이다.

배가 다니면서 물살을 일으킨다. 작은 배가 일으키는 물살은 밋밋하고 큰 배가 일으키는 물살은 창대하다. 어느 물살도 갈수록 흐릿해지고 종내는 말끔히 사라진다. 사람살이도 그러리라. 그게 큰일이든 작은 일이든, 그리고 슬픈 일이든 기쁜 일이든 시간이 지나면 흐릿해지고 종내는 사라지리라. 1년 365일 바다를 굽어보며 이 모든 이치를 훤하게 꿰차고 있을 등대는 묵언이다. 이따금 눈만 끔뻑거릴 뿐 아는 걸 다 말하진 않겠단 표정이다.

어두워지자 본격적으로 불빛이 들어온다. 그중 방파제등대가 제일 점잖다. 의젓하다. 불빛이 서서히 들어왔다간 서서히 나간다. 어시장 앞바다 등부표는 까분다. 깜박깜박 연이어 네 번을 촐싹댄다. 하나는 두 번 깜박인다. 남항대교 상판 아래도 등들이 수다를 떤다. 신호등인 양 홍녹황 삼색 등불이 일제히 세 번을 깜박이다간 일제히 꺼지고 그 아래 교각등은 내 말도 들어 보라며 길게 한 번 켜졌다간 꺼진다. 부산 남항 밤바다는 등불이 깜박이는 바다. 꽃불이 사시사철 지지 않는 생명의 바다다.

일제강점기 대 축조된 남부민방파제,
수탈의 도구였던 '슬픈 역사'

방파제는 파도 피해를 막으려고 인공적으로 축조한 해상 시설이다. 일자형 방파제가 있고 꺾이는 방파제가 있다. 그리고 하나뿐인 방파제가 있고 둘인 방파제가 있다. 방파제 구조를 결정할 때 가장 중요시하는 것은 파도의 형태다. 파장과 파고, 주기를 파악해 구조를 결정한다. 너울과 해안침식을 막는 효과가 크지만 한계는 있다. 시간이 지나면서 퇴적물이 쌓이고 해류의 간섭으로 인한 침식은 불가피하다.

남부민방파제가 축조된 건 1931년. 일제강점기다. 그 당시 방파제나 등대는 한국이 필요해서 축조한 해양시설이 아니라 일제가 필요해서 축조한 시설이다. 엄밀히 따지면 일제 수탈의 도구가 등대였고 방파제였다. 부산 바닷가 산을 깎아 내고 그 흙으로 해안을 매립한 것도 같은 의도였다. 어쨌거나 부산 최초 방파제가 언제 어딘지 궁금했다. 해양시설을 관리하는 관공서 몇 군데 전화를 넣고 기다렸다.

"감만동 방파제 아입니까." 부산해양항만청 항만정비과 유동주 씨에게서 전화가 왔다. 1905년 축조된 감만동방파제가 부산 첫 방파제란다. 지금도 그대로 있다고 한다. 감만동은 조선시대 수군이 주둔하던 해안 요충지. 일제 강점기 때도 요충지였으니 그럴 만하다 싶었다. 감만 감은 이길 감(戡), 만은 오랑캐 만(蠻). 고려 말 최영 장군이 여기 출몰하던 왜구를 물리친 내력이 서린 지명이다. 다음에 소개하겠지만 부산 최초 등대도 감만동에 있다. 도로 사정이 열악하던 오륙십 년대 감만동, 우암동, 대연동 사람이 남포동으로 가려면 감만동 8부두 입구 적기 뱃머리에서 배를 타는 게 빨랐다.

신당등대

등대를 보고 있으면

불 들어오는 것과

불 들어오지 않는 것

세상은 이 둘임을 알겠다

사랑도 그렇지 않겠나 싶다

불 들어오는 사랑과

불 들어오지 않는 사랑

불 하나가 들어오면

불 하나가 들어오지 않는

광안대교 바로 아래

신당등대 등대를

보고 있으면

비로소 알겠다

불 들어오는 것과

불 들어오지 않는 것

이 둘이 다르지 않고 같음을

들어올 때도 간절하게 들어오고

들어오지 않을 때도

간절하게 들어오지 않는다는 걸

보기는 늘 봐도,

더 가까이 가지 못하니…

마주 보는 등대는 속이 타겠다. 보기는 늘 봐도 더 가까이 다가가지 못하니. 차라리 안 보는 게 낫지 늘 봐도 다가가지 못하는 그 속은 오죽 탈까. 마주 보는 등대라도 동시에 반짝이는 등대는 좀 낫겠다. 타는 속을 한날한시 주고받으니.

마주 보면서도 따로따로 반짝이는 등대는 속이 더 타겠다. 다가가지 못하는 것도 속 타는데 주고받는 마음마저 매번 어긋나니. 하나가 마음을 열면 다른 하나는 닫고 하나가 마음을 닫으면 다른 하나는 여는 두 등대. 말을 안 해서 그렇지 속이 시커멓게 탔겠다.

행복은 뭘까. 행복이 뭔지 가끔 생각한다. 생각은 하는데 잘 모르겠다. 높은 데서 바라보면 수평선이 높아지고 낮은 데서 바라보면 낮아지듯 어디에서 보느냐에 따라 행복은 달라지지 싶다. 그러나 분명한 것은 있다. 어디에서 봐도 그 수평선이 그 수평선이란 걸. 다르지 않고 같다는 걸.

이런 생각도 든다. 속이 탈수록 시커멓게 탈수록 행복한 게 아닐까 하는. 마음을 먹으면 쉽사리 얻는 행복도 행복이지만 아무리 마음을 먹어도 얻지 못하는 행복이 더 큰 행복이 아닐까 하는. 그 대표적인 게 이루지 못한 사랑. 이루지 못한 첫사랑은 더욱 그렇다. 속은 시커멓게 탔지만 흑단처럼 나전칠기처럼 윤이 나던 청춘의 맨 앞장.

신당등대는 수영강 길목 등대다. 바다에서 강으로 거슬러 올라가는 맨 앞장 등대다. 홍등과 녹등이 6초에 한 번 깜박이며 마주 본다. 홍등이 마음을 열면 녹등이 닫고 홍등이 마음을 닫으면 녹등이 여는 등대라서 속은 탈 대로 타 버린 등대다. 저러다 제 열기에 북받쳐 스스로 분신이나 하지 않을까, 이십사 시간 등대를 주시하는 강은 여차하면 강물을 끼얹을 기세다.

신당등대가 있는 곳은 민락교 입구 포구. 푸르지오 아파트 맞은편이고 광안대교 바로 아래다. 해도엔 여기가 신당항이라고 나와 있다. 포구 모서리 파출소 간판도 부산해경 신당파출소다. 신당이라. 감이 얼른 잡히지 않는다. 성큼성큼 파출소에 들어가서는 당직자에게 다짜고짜 물어본다. 왜 신당이냐고.

"신을 모시는 당집이 있어서 신당이라네요." 당직자는 이종화 경사. 제주해경에 근무하다 여기 온 지 한 달밖에 안 돼 잘 모르겠다며 어촌계장에게 전화로 알아봐 준다. 매립되기 전 신당이 있어서 그렇게 부른단다. 부산 포구 열이면 열이 지명을 딴 이름이기에 지역 색깔이 도드라진 신당항은 귀한 이름이다. 귀하게 모셔야 할 포구다.

해도엔 신당항이지만 도로표지판 표기는 우동항이다. 어촌계 이름도 우동어촌계다. 여기가 행정지명으로 해운대구 우동인 까닭이다. 우동은 왜 우동일까. 해운대구엔 중동이 있고 중동 양옆이 좌동이고 우동이다. 좌우의 기준점이 있을 터. 장산이 기준점이다. 장산에서 봐 왼편에 있으면 좌동이고 가운데는 중동, 오른편이 우동이다. 오른 우(右), 왼 좌(左)를 쓰다가 언제부턴가 사람 인 변을 붙여 도울 우(佑), 도울 좌(佐)를 쓴다. 해운대구청 있는 곳이 중동이고 신시가지가 좌동이다. 우동은 수영강 방향이다.

신당항은 보기완 딴판이다. 민락교를 지나면서 보면 그저 그런 포구지만 가까이 가서 들여다보면 보기보단 규모가 있다. 소규모이긴 하지만 조선소가 있는 포구고 출장소이긴 하지만 해양파출소가 있는 포구다. 무엇보다 신당이 있었던 포구다. 신당이 있었단 것은 무사히 돌아오기를 기원해야 하는 배가 많았단 반증이고 그것은 곧 이곳을 드나드는 배가 많았단 반증이다.

신당항은 분명 호시절이 있었을 것이다. 바다와 강이 만나는 낙동강 하구 하단포구에 비할 바는 아니겠지만 바다와 강이 만나는 수영강 하구 신당포구도 범선으로 북적이던 시절이 있었을 것이다. 수군통제영은 요즘 말로 하면 해군작전사령부. 조선 시대 경상도 수군통제영이 통영과

수영 두 군데만 있었던 걸 감안하면 수영 신당포구는 이제라도 우러러봐야 할 포구다. 감싸고 보듬어야 할 포구다.

 등대도 아는 눈치다. 등대가 의탁한 곳이 지금은 갓끈 떨어져 그저 그런 신세지만 한때는 문전성시 대갓집이었단 걸. 부자는 망해도 삼대는 간다 했던가, 비록 입성은 허술해도 어딘지 모르게 부티가 나고 귀티가 나는 포구라서 등대도 언행을 삼간다. 입이 무겁고 동작이 무겁다. 포구로 들어오는 조류도 분위기에 눌려 조심스럽다. 그게 바닷물이든 강물이든 포구의 눈치를 살피며 들어오고 등대의 눈치를 살피며 들어온다.

 그게 바닷물이든 강물이든 등대는 개의치 않는다. 출신을 따지고 성분을 따지는 건 세속의 일. 신당등대는 신을 모시던 곳에 있는 등대라서 세속의 일에 연연하지 않는다. 등대가 뿜어내는 기운은 정갈해서 신이 계시다는 하늘로 솟구친다. 신당등대에선 마음만 먹으면 누구라도 솟구칠 수 있다. 마음만 먹으면 누구라도 철제 계단을 딛고 등대 가장 높은 곳으로 오를 수 있다. 신들린 듯 계단을 딛고 올라가 철문을 열면 신과 동격인 태양이 발산하는 열을 받아들이는 배터리가 신주처럼 모셔져 있다.

 철문을 닫고 다시 계단을 올라가면 등명기. 외부로 드러난 등명기는 길쭉하달지 뾰족하달지 생겨 먹은 게 꼭 펜촉이다. 캄캄한 밤하늘을 습자지 삼아 녹색 홍색 펜글씨를 쓰는 등대가 신당등대다. 광안대교를 질주하는 자동차 불빛이 쓰는 글씨가 난필이라면 신등대 등불이 쓰는 글씨는 한 글자 한 글자 또박또박 쓰는 정자체. 얼마나 힘주어 눌러썼는지 밤하늘 군데군데 구멍이 나 있다. 구멍마다 잔별이 들앉아 있다.

경상좌수영 선소 유허비

 신당항 인근에 조선 시대 수군 함정이 정박하던 곳이 있다. 민락교를 건너 수영 강 방면으로 거슬러 올라가면 수영 현대아파트 단지가 나온다. 101동과 103동 사이 어른 키 세 배는 됨직한 돌비가 정박지 표지석이다. 제목은 '경상좌도 수군 절도사영 선소(船所) 유허비'. 독립투사 먼구름 한형석(1910~1996) 선생이 쓴 글씨라서 기개가 하늘을 찌른다.

 유허비엔 이곳이 조선 시대 동남해역을 방어하던 경상좌도 수군 군선이 정박했던 곳이라고 적혀 있다. 방어 지역은 낙동강에서 경북 영해까지. 경상좌수영은 처음 감만동에 있다가 울산 개운포로 옮겼으며 임란 직전 수영으로 옮겼다. 전선(戰船) 3척, 병선(兵船) 5척, 귀선(龜船 · 거북선) 1척, 사후선(伺候船 · 정탐선) 12척을 갖춘 거진(巨鎭)이었다. 경상우수영은 통영. 서울에서 봐서 오른쪽에 있으면 우수영, 왼쪽에 있으면 좌수영이었다.

 돌비 상단 시 한 편이 새삼스럽다. 시 제목은 선상탄(船上嘆). '전투배 타던 우리 몸도 고기잡이배에서 늦도록 노래하고….' 노계 박인로 작품이다. 박인로는 송강 정철, 고산 윤선도와 함께 조선 시대 3대 가인 중 한 사람. 박인로 선상탄이 왜 여기 있을까. 임란이 끝난 지 채 10년이 안 된 1605년 여름 부산진 수군 통주사(統舟師 · 주사는 수군을 뜻함)로 부임해 쓴 시가 선상탄이다.

월 내 등 대

월내등대는

손잡이 긴 술잔

잔을 채우려고

파도소리 찰랑찰랑 따르고

물새소리 찰랑찰랑 따른다

손잡이 긴 술잔은

입술자국이 육감적이다

새가 입술 댄 자국

별이 입술 댄 자국

입술자국에

또 입술 댄 자국

달빛 은은한 조명 아래

손가락 끼워서 마시는

손잡이 긴 술잔

월내등대

해를 품고 달을 품은 두 등대…

남자 같기도 여자 같기도

　세상에 거저 있는 것은 없다. 모든 존재는 그럴 만한 이유가 있다. 풀 하나도 그럴 만한 이유가 있어 거기 있고 돌멩이 하나도 그럴 만한 이유가 있어 거기 있다. 풀과 돌멩이가 같이 있거나 따로 있는 것도 그럴 만한 이유가 있어 같이 있거나 따로 있다. 풀도 돌멩이도 어느 하루도 거저 있은 날은 없다. 어느 하루도 풀 아닌 날이 없고 돌멩이 아닌 날이 없다.

　모든 존재가 그렇다. 있을 만한 이유가 있어 있다. 등대도 그렇다. 허구한 날 자리 차지나 하는 것 같아도 등대가 그 자리 있는 건 그럴 만한 이유가 있어 그 자리에 있다. 거저 있는 것 같아도 어느 하루도 거저 있은 날이 없다. 어느 하루도 등대 아닌 날이 없다. 등대여! 거저 있는 것 같아도 거저 있지 않음이여! 어느 하루도 등대 아닌 날이 없음이여!

사랑도 그렇다. 모든 사랑은 존재 이유가 있다. 그러기에 사랑을 비교할 수 없고 세상의 잣대로 잴 수 없다. 높고 낮은 사랑으로 잴 수 없으며 크고 작은 사랑으로 잴 수 없다. 사랑은 마음의 바다에 자리 잡은 등대. 등대가 어느 하루도 등대 아닌 날이 없듯 사랑 역시 어느 하루도 사랑 아닌 날이 없다. 어느 하루도 고귀하지 않은 날이 없다. 모든 사랑은 처음도 사랑이고 끝도 사랑이다.

마음의 바다는 눈에 보이는 바다보다 넓고 깊다. 마음 바다를 비추는 등대는 눈에 보이는 등대보다 높고 밝다. 등대가 비추는 바다를 바라보는 홀수 또는 짝수 사람. 바다를 비추는 등대를 바라보는 홀수 또는 짝수 사람. 눈에 보이는 것보다 넓고 깊은 사람이고 눈에 보이는 것보다 높고 밝은 사람이다.

월내(月內)는 달을 안에 품은 포구. 달 비친 수면이 잔잔한 호수 같대서 월호(月湖)라고도 부른다. 호수에 잠긴 달, 허밍으로 노래 부르며 거닐기에 딱 좋은 곳이 월내다. 부산 동쪽 끝 길천포구와 연이은 포구다. 동쪽 끝이라서 일출이 월출 부럽잖게 인상적이다. 부산 동해바다는 일출과 월출을 함께 품는 바다. 해 뜨는 아침도 품고 달 뜨는 저녁도 품는 바다다. 처음도 품고 끝도 품는 바다다.

동해바다 월내등대 또한 해를 품고 달을 품은 등대다. 그래서 어떻게 보면 남자 같고 어떻게 보면 여자 같은 등대다. 등대는 둘. 다행이다. 등대가 하나라면 남자로도 보고 여자로도 봐야겠지만 둘이라서 하나는 남자 하나는 여자, 그러면 되니. 생김새도 입성도 하나는 남자 같고 하나는 여자 같다. 월내포구 오른편 방파제 흰 등대가 다부진 아저씨 몸매라면 왼편 붉은 등대는 허리 잘록한 아가씨 몸매다.

'월내어항 남방파제등대'. 흰 등대 명칭이다. 명칭을 새긴 명판은 출입문 상단에 부착돼 있다. 붉은 등대는 '월내어항 북방파제등대'다. 녹등과 홍등을 5초에 한 번 깜박인다. 남자 등대는 나이가 좀 많고 여자 등대는 좀 적다. 남자는 2000년 11월 30일생이다. 여자는 여덟 살 적은 2008년 11월 20일생. 나이 차는 나지만 맞먹는 눈치다. 그럴 수밖에. 말을 나눌 상대가 달리 있지 않으니. 있기는 있다. 길천등대다. 월내 붉은 등대보다 호리호리하고 앳돼 보인다. 멀리 떨어진 게 흠이다. 먼 친척보다 가까운 이웃이 낫다.

붉은 등대 나무벤치는 전망대 격이다. 벤치 등받이에 기대앉아 보는 바다는 눈에 보이는 바다보다 넓고 깊은 마음의 바다. 해가 빠진 바다고 달이 빠진 바다다. 저 바다에 빠지면 누구라도 해가 되고 누구라도 달이 된다. 저 바다에 빠지면 아무리 대단한 것도 대단하게 보이지 않고 아무리 하찮은 것도 하찮게 보이지 않는다. 바다에 빠져 허우적대는 둥근 해와 둥근 달과 둥근 마음이 고소해 죽겠다는 듯 월내등대는 녹등을 깜박깜박 촐싹대고 홍등을 깜박깜박 촐싹댄다.

"달 밝은 밤, 바다와 나를 위하여 건배!" 박이훈 시인은 밀양 무안사람. 고등학교 다니느라 부산 왔으니 부산사람 된 지는 30년이 넘는다. 시인답게 감성이 남다르다. 흰 등대 방파제에서 붉은 등대 벤치를 가리키며 달빛 좋은 밤 저기 앉아 술잔을 높이 들고 싶단다. 달밤은 진한 술이 좋으리. 진한 술 찰랑이는 손잡이 긴 술잔이 좋으리. 그러고 보면 붉은 등대는 손잡이 긴 술잔으로 보인다. 진한 술 찰랑이는 육감적인 술잔!

파도는 성질이 급하다. 불같다. 파도는 하나라서 어떤 파도는 남자 같고 어떤 파도는 여자 같다. 불같은 파도는 남자. 남자 파도가 수평선에서 곧장 달려와선 방파제를 때리며 방파제 안쪽을 넘본다. 방파제가 놓이지 않은 월천교는 사색이다. 호시탐탐 넘보는 파도 등쌀에 연신 옷깃을 여민다. 파도야 넘보건 말건 방파제 안쪽은 한 치 흐트러짐이 없다. 잔잔하다. 바깥세상에 일제히 등 돌리고 육지를 향한 갈매기들 표정도 마음이 평온해진 듯 잔잔하다.

평온. 성질 급한 파도를 내보내는 수평선도 멀리서 보면 잔잔하다. 평온을 얻은 듯 한 치 흔들림이 없다. 거리를 두고 멀리서 보면 불같던 마음도 누그러지게 마련이다. 잔잔해지게 마련이다. 거꾸로 뒤집으면 마음이 불같다는 건 그만큼 가깝다는 말이기도 하다. 가깝기 때문에 불같고 가깝기 때문에 때로는 괴롭다. 특히 사랑이 그렇다. 가깝기에 사랑하기에 사랑의 고통이 있다. 환희도 고통도 모두가 사랑의 다른 이름. 처음도 사랑이고 끝도 사랑인 모든 사랑에게 건배!

가는 길. 길천등대 가는 길과 같다. 37번, 180번 시내버스가 다니고 3번, 9번 마을버스가 다닌다. 기차를 타고 월내역에서 내려도 된다.

기차는 부전역에서 오는 것, 부전역으로 가는 것 통틀어 하루 21번 선다. 역 광장엔 작품사진 '깜'이 몇 있다. 은하수다방과 역전다방 간판이 고전적이다. 성황당을 에워싼 오래된 나무도 작품이다. 개찰구 철로 변엔 하얀 목련이 광안대교 불꽃보다 더 불같은 꽃을 펑펑 쏘아 댄다.

고리 원전 뒷산 아이봉수대

월내엔 봉수대가 있다. 고리 원전 뒷산 아이(阿爾)봉수대다. 원전이 국가보안시설이라 거기 가려면 사전 허가를 받아야 한다. 봉수대는 외적 침입을 횃불이나 연기로 알리는 근대 이전 통신수단. 멀리서도 잘 보이는 산 정상에 주로 설치하였다. 부산의 경우 왜구를 발견한 봉수대에서 횃불을 피우면 해안을 따라, 그리고 내륙을 따라 봉수대 횃불을 피워 삽시간에 한양까지 알렸다.

예를 들면 이렇다. 황령산봉수대에서 피운 횃불은 남쪽으론 장산 초입 간비오산 봉수대를 거쳐 죽성봉수대를 거쳐 임랑봉수대에 이어졌다. 임랑봉수대가 없어지면서 아이봉수대가 그 빈자리를 메웠다. 아이봉수대 횃불은 서생 나사봉수대가 이어받았다. 봉수대는 1894년 갑오경장으로 일제가 득세하면서 뭉개졌다. 일제 입장에선 눈엣가시였으므로.

해양도시 부산은 국경도시이기도 하다. 왜구 침범이 유달리 잦았기에 봉수대가 많았다. 남한에선 봉수대 수가 부산이 가장 많지 싶다. 부산 역사와 문화, 그리고 관광 수요가 높아지면서 봉수대를 브랜딩하자는 주장이 제기되고 있다. 부산시 정책기획실 평가담당관실에서 펴낸 소식지 2013년 3월호에 언급된 부산 봉수대 면면이다. 황령산, 가덕도 연대산, 녹산동 선화례, 다대포 응봉, 천마산 석성, 오해야항, 구덕산 구봉, 동래 계명산, 해운대 간비오산, 기장(죽성) 남산, 임랑포, 장안(월내) 아이.

젖 병 등 대

젖을 다오

젖을 다오

젖 먹던 힘이

나를 있게 하는 힘

저 바다는

모성의 바다

삼키지 못한 젖이 번져

바다는 흥건하다

젖을 다오

젖을 다오

젖 먹던 힘이

나를 밝게 하는 힘

저 등대는

모성의 등대

삼키지 못한 등불이 번져

등대는 흥건하다

출산율 가장 낮았던 도시,

아이 울음 들어 보자는 염원 담아

등대는 느낌표다. 감동적인 문장 끝에 찍는 부호다. 땅의 끝 등대가 느낌표라면 땅 역시 그만큼 감동적이란 얘기다. 우리가 발 딛고 사는 곳은 거기가 어디든 감동적이다. 높은 곳은 높아서 감동적이고 낮은 곳은 낮아서 감동적이다. 삶 자체가 감동적이기 때문이다. 시멘트 담벼락 갈라진 틈새로 돋아나는 새싹이 감동적이고 제 몸을 갈라서 새싹을 틔우는 시멘트 담벼락이 감동적이다.

삶은 긴 문장이다. 길면서 단 한 문장이다. 누구의 삶이든 어떤 삶이든 삶 자체가 감동적이라서 삶의 끝에 찍는 부호는 당연히 느낌표다. 나서기를 좋아한 삶의 끝도 느낌표고 나서기를 꺼린 삶의 끝도 느낌표다. 삶이 감동적이라서 삶의 주체인 사람도 감동적이다. 아기 고사리손이 감동적이고 할머니 손등 주름이 감동적이다.

땅 끝에 등대가 있듯 삶의 끝에는 느낌표란 등대가 있다. 나서기를 좋아한 삶도 꺼린 삶도 그 끝은 등대다. 말간 불 반짝이는 등대다. 지나온 삶을 돌아보며 잘못 살았다고 후회할 수는 있어도 잘못된 삶은 없다. 모든 삶은 감동적이고 지고지순하다. 단 한 문장이고 절대 지우지 못하는 문장인 삶. 한 글자 한 글자 써 내려가기가 조심스럽고 공을 들여야 하기에 그 끝은 지극히 당연하게도 느낌표다. 지극히 당연하게도 말간 불 반짝이는 등대다.

 '부산 아기 울음소리 9년 만에 최고!' 2013년 2월 26일 부산일보 사회면 기사 제목이다. 2012년 부산에서 태어난 출생아 수는 2만8천700명. 2003년 이후 최고치이며 출산율은 3년째 상승세를 이어가고 있다는 내용이다. 정말이지 반갑고 고마운 소식이다. 거창하게 떠벌릴 것도 없이 이 아이들이 없다면 우리 세대 노후는 누가 챙겨 줄 것이며 호주머니 쌈짓돈은 또 누가 챙겨 줄 것인가.

 젖병등대는 아기 울음소리를 들어 보자는 마음이 담긴 등대다. 등대를 세운 해는 2009년. 부산이 전국에서 출산율이 가장 낮은 도시 10년째 되던 해다. 취업난, 경제난에 한 푼이 아쉬운 청춘남녀로선 연애도 겁나고 결혼도 겁나고 출산은 더욱 겁나던 그 무렵, 나 몰라라 이대로 놔둬선 안 되겠다 싶은 마음이 오롯이 담긴 등대가 젖병등대다. 9월 17일 점등식에 부산시 여성정책관이 얼굴을 내밀고 세계인구총회 유치위원장이 얼굴을 내민 것도 그런 연유다.

"연화1구가 서암이고 2구는 신암인기라." 젖병등대가 있는 곳은 기장 연화리 서암마을. 해운대나 송정에서 181번 시내버스를 타고 연서교회에서 내리면 된다. 길목 어민복지회관 한켠 한 노인이 시원소주를 자작한다. 과일 조각이 안주다. 연세는 팔십 하나. 서암에서 태어나 서암에서 평생을 어부로 살았단다. 서쪽에 이름난 바위가 있어서 서암이냐고 묻자 그게 아니란다. 원래는 연화리 한 마을인데 마을이 커지면서 1, 2구로 나누었고 편의상 서암, 신암으로 부르고 있단다.

등대 명칭은 서암항 남방파제등대. 뭍에서 봐 오른쪽에 있어 흰색이고 녹등이다. 6초에 한 번 반짝인다. 아기 젖병처럼 생겨 애칭이 젖병등대다. 젖병 꼭지를 쪽쪽 빨아 대면 따뜻한 우유가 한 방울 한 방울 입가를 적시지 싶다. 입가를 적시고 바다를 적셔 바다가 흥건하지 싶다. 얼마나 빨아 대었는지 등대가 퉁퉁 부어 있다. 퉁퉁 부어서 아플 만도 한데 등대는 젖꼭지를 빼낼 생각이라곤 없어 보인다.

부산 바다엔 등대 길이 있다. 포구 길도 있고 기차소리 길도 있다. 부산관광공사와 부산해양항만청이 남해안을 관광 명소로 띄우려고 애쓴 길이다. 젖병등대가 있는 연화리 일원은 등대 길에 들어간다. 젖병등대 아래 서서 바다를 내다보면 여기가 왜 등대 길인지 선연하게 드러난다. 이쪽도 등대 저쪽도 등대, 젖병등대 말고도 개성 넘치는 등대들이 기장바다를 있어 보이게 한다.

개성 넘치는 등대는 넷. 왼쪽 방파제 가장 가까운 붉은 등대는 닭벼슬

등대다. 원래는 차전놀이등대인데 힘과 권력을 상징하는 닭 벼슬처럼 보인다고 그렇게들 부른다. 생긴 게 뱃머리라 뱃머리등대라고 불러도 뭐라 할 사람은 없겠다. 나무계단을 올라 전망대에 서면 난간마다 자물쇠를 꼭꼭 채우고선 사랑의 징표라나 어쩐다나. 섬처럼 놓인 일자 방파제엔 천하대장군과 천하여장군으로 불리는 장승등대가 으스스하다. 왼편 축구공을 닮은 등대는 2002년 한 · 일 월드컵을 기념하는 월드컵등대다.

등대에 닿기 직전 편지함이 보인다. 젖병등대 축소판이다. 월 1회 배달되는 사랑의 편지함이다. 연인에게, 자녀에게, 부모에게 사랑의 편지를 써 보자는 취지문이 그럴듯하다. 이 길을 가이드 하면서 사랑하는 이에게 편지를 써 보라며 우편엽서를 나눠 준 적이 있었다. 난감한 건 사랑하는 이 주소를 외는 사람이 아무도 없었다는 것. 궁여지책으로 자기에게 편지를 쓰게 했다. 자기가 자기에게 보내는 편지. 다들 더 난감하단 눈치였다.

'젖병등대, 부산의 미래를 밝히다.' 젖병등대 아래 부착한 하트 모양 동판 명문이다. 젖병등대 의도는 부산의 밝은 미래. 의도를 갖고 세운 등대라 디자인에도 의도가 엿보인다. 벽면을 채운 디자인은 손과 발 프린팅. 모두 144명 영유아 손과 발을 하나하나 양각한 타일이 이색적이다. 타일에 내 손바닥을 대어 보면 어떤 손은 절반도 안 되고 어떤 발은 절반의 절반도 안 된다. 저들이 곧 부산의 미래. 아기가 젖 달라고 보채는 소리에 놀라서 부산은 잠에서 깨어나리라. 잠에서 깨어나 주변을 밝히는 등불을 켜리라.

삶은 감동적이다. 삶이 감동적인 건 그 주체인 사람이 원래 감동적이기 때문이다. 달리 말하면 사람이 빠진 감동은 있을 수도 없고 있지도 않다. 사람의 시작은 출산. 그래서 아기 울음소리는 지극히 당연하게도 감동적이다. 고요한 밤하늘을 깜짝깜짝 놀라게 하는 아기 울음소리. 고요한 밤바다를 깜빡깜빡 두근대게 하는 젖병등대 등불. 젖병등대가 어떻게 생겼나 찾아오는 사람들은 어떻게 보면 친정부모 같고 어떻게 보면 시댁부모 같다.

기차소리길 · 등대길 · 포구길

해운대와 기장 바다는 동해. 수영강 동쪽에서 울산 방향으로 해안이 굽이굽이 이어진다. 굽이굽이 이어지는 해안 길은 편의상 기차소리 길, 등대 길, 포구 길로 나눈다. 부산관광공사와 부산해양항만청의 남해안 관광 활성화 사업 일환이다.

기차소리 길은 4포를 아우르는 길. 4포는 미포, 청사포, 구덕포, 송정포다. 모두 가 동해남부선 기차가 지나는 포구다. 기차소리와 파도소리가 화음을 이루는 길을 걷다 보면 왠지 잘못 산 것 같은 생각이 든다. 복선화가 마무리되는 2015년경부 터 기차가 다니지 않는 기찻길이 된다.

등대 길 시작은 공수마을. 송정 지나서 31번 국도 첫 마을이 공수다. 나라에서 내 린 논밭인 공수전(公須田)이 있어서 공수. 그러기에 전국 곳곳에 공수마을이 있다. 공수전에서 거둬들인 돈으로 관아 수리비로도 쓰고 출장 나온 관리들 숙식도 해결 했다. 동암과 서암, 신암, 대변, 월전을 거쳐 두호로 이어진다.

포구 길은 일광 학리에서 시작한다. 일광해수욕장을 거쳐 이천을 거쳐 이천 동쪽 이동을 거쳐 부산 끝 포구 길천에서 끝난다. 이동은 미역과 다시마 원산지 깃발이 펄럭이는 포구. 중간중간 볼 만한 곳이 많다. 걷다 보면 다 만난다. 오징어 덕장, 신평소공원, 옻판데, 칠암 울긋불긋 등대 등등.

광 계 말 등 대

외따로 서 보라

마음에 없는 말

모두 접고

발이 저리도록

아무 말 없이 서 보라

했던 말은

얼마나 가벼운가

하도 말을 안 해서

입을 열면

단내가 날 것 같은

광계말등대

등을 떠밀면

발이 저려서라도

바다로 뛰어들 것 같은

외따로 선 등대

외따로 서 있다,

등을 떠밀면 바다로 뛰어들 것 같은…

등대는 단호하다. 맺고 끊는 게 분명하다. 불이 들어오는 것도 분명하고 나가는 것도 분명하다. 아주 짧은 순간도 망설이거나 미적대지 않는다. 세상사 초연해서 나섬도 분명하고 물러섬도 분명하다. 언제든 불 켤 각오가 돼 있고 언제든 불 끌 각오가 돼 있다. 세상사 초연해서 나선다고 우쭐대지 않고 물러선다고 주눅들지 않는다. 맺고 끊는 게 분명한 등대의 단호함은 초연에서 온다.

등대는 단호하다. 비집고 들어갈 틈이라곤 없다. 사람이라면 정나미가 떨어지는 사람. 그럼에도 사람들은 등대를 찾는다. 인간미라곤 도통 없어 보이는 등대를 왜 찾는가. 사람에게 모자란 게 등대에게 있는 까닭이다. 사람이라면 닮고 싶은 게 등대에게 있는 까닭이다. 불 켤 때 불 켜고 불 끌 때 불 끄는 것. 나설 때 나서고 물러설 때 물러서는 것. 그게 모자라서 그게 닮고 싶어서 등대를 찾고 지난번 찾은 등대를 이번에 도 찾는다.

등대를 찾는 궁극은 결국 초연이다. 초연하다는 것, 초연해진다는 것. 사람이 초연해지면 욕심에서 자유롭다. 욕심에서 자유로우면 무아집 무소유로 나아간다. 나서는 것도 물러나는 것도 눈 아래다. 하지만 그게 쉽나. 스스로를 초연하다고 말할 수 있는 사람이 몇이나 될까. 세상사 눈 아래 초연하게 둘 수 있는 사람이 과연 몇이나 될까. 쉽지 않기에 몇 되지 않기에 더욱 가닿고 싶은 그곳. 그곳에 가닿고 싶어 사람들은 등대를 찾고 또 찾는다.

광계말등대는 여러모로 초연하다. 있는 곳도 외따로 떨어져 초연하고 세상과 단절하겠다는 듯 철조망을 친 결기도 초연하다. 세상과 동떨어진 외딴곳에서 마음의 철조망을 치고선 눈 감고 3년, 귀 막고 3년이다. 그래도 온전히 초연하지는 않아 창문을 내어 바깥세상을 두리번댄다. 인간의 모습이다. 잘만 하면 비집고 들어갈 틈이 있겠다. 군부대 철조망이 사방팔방 쳐져 있지만 다행히 틈이 있다. 그 틈으로 바깥세상에 찌든 사람을 받아들인다.

광계말등대가 있는 곳은 기장 죽성 광계말. 광계말(廣溪末)이 뭘까. 말이란 지명이 붙은 곳은 여러 군데다. 부산만 해도 용호동 승두말, 동생말이 있고 해남엔 땅끝마을 토말이 있다. 말은 육지에서 바다 쪽으로 툭 튀어나온 곳을 이른다. 광계란 말은 1910년 5월 발행 '한국수산지' 2집에 나온다. 이렇다. '월전 남쪽 돌출된 곳을 광계말이라 부르며 부근에 암초가 많고 조류가 급해 어선이 자주 난파하는 곳이다.'

광계말등대 별명은 성화등대. 꼭대기 생긴 게 횃불 활활 타오르는 올림픽 성화대를 연상시킨다. 물론 그런 의도도 담겨 있다. 등대를 세운 때는 2004년 10월 5일. 2004년 아테네올림픽 다음 해다. 아테네올림픽 성적은 종합 9위. 10위권 목표 달성이란 흐뭇한 마음이 담긴 등대가 광계말등대다. 등탑은 팔각 흰색이고 백색 등을 6초에 한 번 깜박인다. 홍등 녹등이 좌우를 표시하는 측방표지라면 백색 등은 용도가 다양하다. 모든 유인등대가 백등이며 동서남북 방위표지가 백등이며 뚝 떨어진 고립장해표지, 안전수역표지가 백등이다.

"저도 그 생각 하고 있었어요." 등대는 툭 튀어 나간 곳에 있다. 낭떠러지 기분이 든다. 등을 떠밀면 곧장 바다로 떨어질 것처럼 아슬아슬하다. 등대 아래는 널찍한 갯바위. 바위가 뿌리를 뻗어 바다 곳곳이 암초다. 한국수산지 언급 그대로다. 실한 뿌리는 암초도 실해 수면 위로 드러난 자태가 웅장하다. 신라 대왕암 같다. 갈맷길을 걷는다는 여인에게 대왕암으로 보이지 않느냐고 말을 붙이자 안 그래도 그렇게 생각하고 있었단다. 중매쟁이 대왕암이 두 사람 잘해 보라며 파도소리 경음악을 틀어 준다.

등대는 시무룩하다. 몰골이 영 말이 아니다. 출입문 계단 난간은 한쪽이 기우뚱 넘어졌고 등탑 페인트는 여기저기 벗겨져 나이 든 티가 난다.

중매 자리에 나설 만큼 흥이 날 리가 없다. 그렇지만 그런 외양이 오히려 고집스러워 보인다. 경륜이 보이고 세상을 등지고 살아가는 초연함이 보인다. 두 마리 토끼를 다 잡을 수는 없는 법. 하나는 포기해야 한다. 광계말등대가 택한 건 남루지만 남루가 부끄러운 건 아니다. 부끄러워하는 게 부끄러울 뿐이다.

 등대 가는 길은 군부대 철조망에 막혀 있다. 다행히 부대는 철수해 철조망이 헐겁다. 틈이 벌어져 그 틈으로 이방인을 받아들인다. 뾰족하게 부딪는 것일수록 틈은 잘 벌어진다. 철조망을 넘어서면 돌비가 보인다. 1985년 대변과 죽성을 잇는 도로개설 기념비다. 광계말에서 부산 방향으로 가면 대변이고 반대 방향으로 가면 죽성 월전이다. 대변에서 광계말로 가다 보면 공사장이 보인다. 해수 담수화시설 공사 현장이다. 시설이 들어서면 바닷물이 민물로 되는데 그 양이 하루 4만 5천 톤이다.

 철조망 안은 둥글고 나지막한 언덕. 목가적이다. 강풍이 들이닥치면 폭풍의 언덕이겠지만 언덕은 보드랍고 포근해 안기고 싶고 드러눕고 싶다. 안 가고 오래 어정대니 파도가 들이닥친다. 우르르 쾅쾅, 금방이라도 내쫓을 기세다. 초연하게 지내는 등대 물들이지 말라는 엄포다. 쫓겨가는 내가 불쌍해 보였던지 갈매기가 등대에다 대고 파도에다 대고 깍깍깍 '화딱질'을 낸다.

등대 관련 다섯 가지 해상부표식

등대와 관련해 해상부표식이란 게 있다. 국제항로표지협회(IALA)의 1980년 총회에서 채택된 해상부표식은 모두 다섯 가지. 측방표지, 방위표지를 비롯해 고립장해표지, 안전수역표지, 특수표지다. 2006년 2월부터는 IALA 권고로 비상용 침선표지도 설치 운영하고 있다.

IALA 해상부표식은 세계를 A, B 2개 지역으로 구분한다. 우리나라를 포함한 미국, 캐나다, 필리핀, 일본 등 5개국은 B지역에 속한다. 그 외 국가는 A지역이다. A, B지역 적용방식은 측방표지만 다르며 나머지는 동일하게 적용된다. 즉 B지역에선 우측(우현)은 홍색(홍등), 좌측(좌현)은 녹색(녹등)을 사용하고 A지역은 그 반대다.

좌현, 우현 기준은 항해자다. 육지 기준이 아니다. 즉 항해자가 바다에서 항, 강, 하구, 기타 수로에 접근할 때를 기준하여 좌현측과 우현측을 말한다. 해상부표식 적용대상은 등표, 입표, 등부표, 부표다. 등대 지향등, 도등, 도표, 등선, 대형등부표는 제외한다. 해상부표식은 종류별로 형상, 색상, 등질 등이 다 다르다.

두 호 등 대

두호는

지금 여기가 아니라

지나간 날 생각하는 포구

지나간 사람 생각하는 포구

물새 몇 마리

지나간 바다

아무것도 없는 바다

지나간 날아

지나간 사람아

아무것도 없는 날아

아무것도 없는 사람아

두호등대는

물새 지나간 바다

그 바다에서 서성이는 등대

아무것도 없는 바다

그 바다에서 젖어가는 등대

팔을 활짝 펴고 심호흡하는 등대,

힘줄이 불끈거린다

등대는 접점이다. 물과 뭍의 접점이다. 그리고 전근대와 근대의 접점이다. 전근대와 근대. 최초의 등대는 기원전 이집트라지만 등대가 보편화된 건 근대에 와서이다. 그러니 전근대에서 근대로 나아가는 그 지점에 등대가 있다. 다르게 말하면 등대는 과거와 현재의 공존이다.

등대는 접점이다. 지리적으로 접점이고 역사적으로 접점이다. 그리고 사람과 사람 사이에서도 접점이다. '영원히 사랑하자.' 등대에 적은 다짐이 접점이며 지난날 지난 사람 흔적을 더듬는 손길이 접점이다. 그래서 등대는 공존이다. 지금 여기는 지금 여기대로 공존이고 지난날 지난 사람은 또 그대로 공존이다.

접점은 언제 생기는가. 사람과 사람 사이 접점은 언제 찍히는가. 만나면서도 찍히고 헤어져서도 찍힌다. 어떤 면에선 헤어지고 나선 찍힌 접점이 더 굵고 더 진하다. 더 진해서 지나간 날을 그리워하고 지나간 사람을 그리워한다. 지나가서 애틋한 날아! 지나가서 간절한 사람아!

"뒤집혀서 고기가 없어요." 봄비가 당차게 온 다음 날. 두호방파제 낚시꾼 둘은 낚싯대를 접고 술판이다. 잡은 고기를 담는 쿨러가 술상이고 안주는 비스킷 몇 조각이다. 고기는 좀 잡았느냐고 말을 붙이자 대뜸 흙탕물 바다를 가리킨다. 바닷물이 뒤집혀 고기가 없다는 푸념이다. 무슨 말인지 감은 얼른 안 와도 그런가 보다 고개를 끄덕인다.

시간은 오후 세 시와 네 시 사이. 볕은 아직 따갑다. 술상을 차린 자리는 등대 그늘이 드리워 서늘하다. 전망은 탁 트여 걸림이 없다. 명당이다. 바로 앞에 보이는 바닷물은 흙탕물이지만 먼바다는 쪽빛이다. 하늘과 맞닿은 수평선 가까울수록 쪽빛은 진해지다가 수평선에 이르러 연해진다. 쪽빛은 쪽빛이되 하나의 쪽빛이 아니고 서넛은 되는 쪽빛이다. 그런 쪽빛이 맞물려 연하다가 진해지고 진하다가 연해진다.

등대는 개성이 뚜렷하다. 각진 팔각 몸통 힘줄이 불거진 것이 여느 등대와 다르다. 대개의 등대가 출입문과 창문이 같은 방향인데 반해 따로따로인 것도 다르다. 정식 명칭은 두호항 방파제등대. 2004년 11월 17일생이다. 외등이며 방파제가 포구 오른쪽에 있어 등탑이 희다. 등불은 녹등. 5초에 한 번 깜박인다.

"위로 뻗어 가다가 어느 선에서 절제하는 느낌을 주네요." 남천동 남진희 주부는 철학과 81학번. 요 근처는 이따금 지나가 봤지만 차를 타고 지나다녀 등대를 가까이서 보기는 처음이란다. 철학을 공부한 사람답게 등대를 보는 느낌이 철학적이다. 치솟기만 하다가 멈추지 못해 추락하는 군상들을 꼬집는 힐책으로 들린다. 등대는 팔을 활짝 펴고 심호흡하는 형상. 바다 색깔과 똑같은 푸른 하늘 푸른 기운을 들이켜 등대 힘줄이 불끈거린다.

두호(豆湖)는 역사의 힘줄이 불끈거리는 포구. 등대가 전근대와 근대의 접점이듯 등대가 있는 두호 역시 과거와 현대의 접점이다. 과거와 현재가 공존한다. 두모포(豆毛浦)란 부산 옛 지명이 나온 곳이 여기고 고산 윤선도 주옥같은 시가 나온 곳이 여기다. 지금의 두호는 비록 외지고 외로운 포구지만 과거에서 현재로 이어지는 맥박만큼은 힘차다. 힘줄이 불끈거린다. 외지고 외롭다고 절대로 기죽지 않는 포구가 여기 두호다.

두호 옛 지명은 두모포. 조선 시대 수군이 주둔하던 포구다. 종4품 무관 만호가 배치돼 규모가 있었다. 참고로 기장현감은 종6품. 임란 이후인 17세기 초 수정동 부산성으로 옮기면서 부산성 진영을 두모포 진영으로 개명하고 원래 두모포는 두호란 지명을 얻는다. 두모포에 왜관이 설치된 것은 1607년. 일본인 거류지가 왜관이다. 1678년 4월 초량으로 왜관이 이전되면서 두모포 왜관은 고관으로 불린다.

두호등대 가는 길에 야트막한 야산이 있다. 지금은 야산이지만 내가 잠시 살던 90년대 초만 해도 섬에 가까웠다. 이름은 황학대(黃鶴臺). 누런 바위가 학처럼 생겨서 얻은 이름이다. 작명한 이는 어부사시사의 시인 윤선도다. 보길도 윤선도, 그 윤선도다. 윤선도는 30대, 50대, 70대 평생 세 번을 유배 갔다. 30대 유배지가 여기 두호다. 4년 7개월인가 있으면서 시도 여러 편 남겼고 셋째 아들 예미(禮美)를 여기서 낳았다. 과거와 현재가 공존하는 두호는 역사만 아니라 문학으로도 조명되어야 한다.

등대에서 내륙으로 보면 산꼭대기에 성 같은 게 보인다. 죽성 왜성이다. 죽성에는 임란 이전 신라부터 성이 있었고 임란 후에는 왜성이 있었다. 돌로 비스듬히 쌓은 왜성이 비교적 잘 보존돼 전쟁의 상흔을 되새김질한다. 왜성에서 보면 오른편 소나무 몇 그루가 시선을 끈다. 죽성 해송이다. 곰솔이라고도 부른다. 윤선도가 있었을 때도 있었을 해송. 해송에서 두호를 내려다보면 윤선도도 보았을 황학대와 윤선도도 보았을 해안선이 한 뼘 손바닥 안에 다 들어온다. 과거와 현재가 한 뼘 손바닥 안이다.

비 온 다음이라 바다는 평정심을 잃은 모양이다. 들끓는다. 수면 위로 드러난 갯바위에 파도가 들이닥치고 포말이 채 가라앉기도 전에 뒤좇아 온 파도가 들이닥친다. 앞 포말 뒤 포말이 공중에 붕 떠서는 치고받는다. 날지도 못하는 것들이 공중에 떠서 저러고 있으니 갈매기는 같잖다. 같잖아서 거들떠보지도 않는다. 거들떠보기는커녕 부리로 몸통을 콕콕 쪼아댄다. 제 몸에 접점이라도 찍으려는 모양이다.

왜성

죽성 왜성처럼 국내 잔존 왜성은 임진왜란과 정유재란 산물이다. 왜가 장악한 지역에서 군사 목적으로 지은 게 왜성이다. 군사 목적이긴 했지만 문화재 약탈과 노예상인 거점이기도 했다. 부산에서 의주까지 왜성은 모두 44군데. 부 · 울 · 경, 영남지역엔 28군데가 남아 있다.

부산과 인근 왜성 몇 군데를 들면 다음과 같다. 부산은 부산진성, 자성대, 구포왜성, 죽성왜성, 다대포왜성, 눌차왜성(가덕도), 죽도왜성(강서 죽림), 임랑왜성 등. 경남 울산은 선진리왜성(사천), 안골왜성(진해), 장문포왜성(거제), 증산리왜성(물금), 서생포왜성, 학성왜성 등이다.

왜성과 왜성 간격은 무엇을 고려했을까. 축성 자체가 인력과 자재와 시간을 잡아먹는 큰 공사였기에 무턱대고 짓진 않았을 것이다. 왜성에서 왜성까지 거리는 하루 만에 행군 가능한 거리였다. 그때 그 길은 아니겠지만 왜성에서 왜성까지 걷기 체험도 괜찮을 듯.

왜성이 왜성인지 어떻게 알아볼까. 왜성은 멀리서 봐도 표가 난다. 외벽을 비스듬하게 쌓았다면 왜성이라고 봐도 크게 틀리지 않는다. 금정산성 같은 우리나라 성은 외벽이 직각이다. 그리고 우리나라 성이 주로 내륙에 있다면 왜성은 강가나 바닷가에 있다. 왜성을 허물자고 한다. 아파트 관리소장이면서 '우리 땅의 왜성을 찾아서'라는 저서를 펴낸 김윤덕(59) 선생 말이다. "아픈 역사의 흔적을 통해 진정한 교훈을 배울 수 있습니다."

영도등대

영도등대는

수평선을 바라보는 등대

다가가면

다가간 만큼 멀어지는 수평선

영도등대는

다가간 만큼 멀어지는 사람

하염없이 바라보는 등대

하염없이 바라보다가

그냥 굳어버린 등대

유인등대는 희다…

세 번 깜박이는 건 눈에 잘 띄라는 애틋한 마음

등대는 불꽃이다. 열애다. 태워도 태워도 재가 되지 않는 뜨거운 사랑이다. 그 사랑이 등대를 견디게 한다. 혼자라는 외로움을 견디게 하고 기댈 어깨 없는 외로움을 견디게 한다. 외로움은 등대를 빛나게 하는 담금질. 외롭기에 등대는 꽃처럼 영롱하고 별처럼 찬란하다.

등대는 불꽃이다. 타오르는 불꽃이고 뛰는 가슴에 핀 불꽃 한 송이다. 손을 대면 손이 데일 것 같고 마음을 대면 마음이 데일 것 같은 등대. 그것도 모르고 사람들은 등대 가까이 간다. 가까이 가서 가슴에 불꽃 한 송이 피던 날을 떠올린다. 가슴에 불꽃 한 송이 필 날을 기다린다.

등대가 바라보는 곳은 수평선. 선이 여러 가닥이 아니라서 외롭기는 수평선도 마찬가지다. 외로운 등대와 외로운 수평선. 다가갈 수 없어 마음이 힘들겠다. 다가갈 수 없으면 단념하고 물러나기라도 하련만 차마 그러지 못한다. 상대가 물러나기를 기다릴 뿐 등대도 수평선도 먼저 물러나지 못해 저렇게 꾸물댄다. 저렇게 평생을 마주 본다.

'함께한 100년! 희망의 불꽃!'. 영도등대 역시 불꽃 같은 등대. 입구에 부착한 동판에 제 스스로 불꽃임을 밝힌다. 스스로 불꽃이라고 밝히는 게 좀 멋쩍기는 하겠지만 사실이 그러니 그럴밖에. 동판을 부착한 해는 2006년. 그 해가 100년 되는 해였으니 역산하면 1906년이 영도등대 생년이다. 부산 최초 유인등대이고 한국에선 열 번째 등대다.

유인등대는 모두 희다. 영도등대도 유인등대라서 희다. 부산에 있는 유인등대는 모두 셋. 영도등대를 비롯해 오륙도등대와 가덕도등대다. 오륙도등대를 소개하면서 언급했지만 유인등대는 육지초인 등대. 배가 먼바다에서 뭍으로 다가올 때 처음 인지하게 되고 처음 보게 되는 등대란 의미다. 멀리서도 잘 보여야 하기에 희다.

유인등대는 등대도 희고 등불도 희다. 영도등대의 경우 백색 불빛을 18초에 3회 깜박인다. Fl(3)W18s다. 한 번도 아니고 두 번도 아니고 세 번을 깜박이는 건 그만큼 눈에 잘 띄라는 애틋한 마음이다. 오가며 그 집 앞을 지나는 마음이 애틋함이듯 오가는 배가 잘 보이게 세 번을 달아서 깜박이는 등대의 마음도 애틋함이다.

영도등대는 높다. 애틋한 마음을 멀리까지 보이려면 그럴밖에. 무려

35m다. 원형 콘크리트 구조이며 불빛은 24마일 44km까지 나아간다. 영도등대는 순정파. 애틋한 마음이 남달라서 안개에 가리거나 비나 눈에 가려 불빛이 보이지 않으면 속 깊은 데서 우러나오는 소리를 낸다. 묵직한 전기혼 소리를 45초마다 5초 동안 낸다. 속 깊은 데서 우러나오는 저음이 5마일까지 퍼진다. 소리마저 들리지 않을까 불안하여 전파를 내보내기도 한다. 정을 쉽게 주고 쉽게 거둬들이는 요즘 세상에 저런 순정파가 또 있을까 싶다.

등대는 3개 동으로 구성돼 있다. 등대시설이 있고 갤러리가 있고 박물관이 있다. 그 사이사이에 노천광장이 있고 쉼터가 있고 전망대가 있다. 전망대는 곳곳에 있다. 영도등대가 있는 태종대는 국가명승지. 부산에 빼어난 풍광은 많지만 국가명승지는 오륙도와 함께 두 군데뿐. 그만큼 풍광이 빼어나기에 전망대마다 속 깊은 데서 감탄이 우러나온다.

곳곳 전망대 가운데 풍광이 가장 빼어난 하나를 꼽으라면 단연 등대 전망대. 원형 등대는 일반인 출입이 가능해서 꼭대기 유리창 전망대는 인기 '짱'이다. 입구에서 전망대까지는 소라형이랄지 나선형이랄지 빙빙 돌아가는 철제 계단이 멋스럽다. 계단 벽면에 배의 역사랄지 종류랄지 전시액자를 훑는 것만으로도 공부가 된다.

등대 전망대에서 바라보는 수평선은 종잡기 난감하다. 직선인가 하면 곡선이고 곡선인가 하면 직선이다. 직선은 인간이 만든 선이고 곡선은 신이 만든 선이라는 경구를 수용한다면 영도등대 수평선은 인간과 신이

합작해 만든 선. 인간이 만든 선을 따라 화물선이 오간다. 화물선이 아무리 오가도 수평선은 결코 허물어지지 않는다. 신이 만든 선인 까닭이다.

"지금부터 농무기(濃霧期)입니다." 영도등대 근무자 서정일 주무관은 등대장. 더불어 사는 부부가 닮듯 바다와 더불어 살아 그런지 바다를 닮아 있다. 너른 바다를 닮은 너른 인품이 표정에 묻어난다. 4월 중하순부터 8월 중순까지는 안개가 짙어 수평선 선이 뚜렷하게 보이지 않는다고 한다. 태풍 철에는 파도가 치솟아 선이 들쭉날쭉 허물어지더란 목격담도 들려준다. 신이 만들어 인간은 허물지 못하는 선을 또 다른 신 '태풍의 신'은 허무는 것이다. 인간 세계처럼 신의 세계에도 맞수가 있는 법이다.

등대가 선 곳은 암벽. 등대에서 내려다보면 '천길만길' 낭떠러지다. 낭떠러지 외벽을 따라 계단이 있고 난간이 있다. 계단은 두 갈래. 오른편으로 내려가면 신선이 놀았다는 신선대다. 운동장처럼 넓고 펑퍼짐해 인간도 놀기 좋다. 왼편으로 내려가면 해녀촌. 해녀들이 내다 파는 해산물은 인간이 만든 게 아니라서 죄다 곡선이다. 해산물 안주에 얼큰해지면 암벽 계단을 오르기가 버겁다. 해녀촌 선착장에서 태종대 일주 유람선을 타 보는 것도 추억담이 되겠다. 어른 1만 원, 아이 5천 원.

"막대사탕 같아요." 등대는 생긴 게 막대기 사탕 같기도 하다. 오성민 군은 경북 구미 상모초등 2학년. 학교운동회 400m 계주 학급 대표다. 한문 5급을 따 놓고 4급 시험을 볼 참이다. 부모와 함께 휴일 나들이로 부산 바다를 찾았는데 그다음 말이 걸작이다. "배에 탄 사람들이 사

탕을 먹으러 등대로 올 것 같아요." 유람선이 사탕을 먹으러 등대 선착
장에 머물다간 떠나가고 모래를 싣는 바지선이 사탕을 먹으러 다가왔다
간 지나간다.

'희망의 빛 영도등대'. 등대에서 박물관으로 내려가는 길. 청동 인어상
이 청순하다. 인어상 아래 '희망의 빛'이란 동판이 보이고 동판엔 날짜
가 보인다. 2004년 8월이다. 2004년은 영도등대가 해양문화공간으로
거듭난 해. 35m짜리 지금 등대도 그 해 세운 것이다. 100년 된 원래 등
대는 포항 국립등대박물관에서 보존한다는 게 김명환 등대원 전언이다.

가는 길. 영도다리 입구에서 태종대 가는 버스를 타고 종점에서 내리
면 된다. 기차를 타고 온 외지인이라면 부산역에서 출발하는 시내투어
2층 버스 이용을 권한다. 좀 비싸지만 환승이 가능해 여러 군데 들를 수
있다.

등대음악회

"매달 넷째 주 토요일 합니다." 김명환 등대원이 음악회 이야기를 꺼낸다. 음악회는 영도등대 해양문화공간 야외공연장에서 열린다. 이름 하여 등대음악회다. 부산해양항만청이 주최하고 항로표지기술협회가 주관한다. 4월부터 10월 말까지 매월 한 차례 넷째 주 토요일 오후 2시부터 한 시간 열린다.

2013년 첫 음악회는 4월 27일 열렸다. 공연 제목은 '봄의 향기가 가득한 등대 음악회'. 재즈밴드가 출연하고 기네스북에 등재된 휘파람 세계 챔피언이 출연했다. 음악과 마술이 어우러지기도 하고 트럼펫 연주자가 '바다의 교향곡'을 멋들어지게 불기도 했다. 관람객 상대 즉석노래자랑도 빼놓을 수 없다.

등대 음악회를 여는 의도는 소통. 등대를 알리고 싶고 해양을 알리고 싶고 해양문화를 알리고 싶어 음악회를 갖는다. 내년에 가족과 함께 연인과 함께 짬을 내어 보는 건 어떨까. 노래자랑에 참가해 등대 귀가 번쩍 뜨이도록 '열애'를 열창해 보자. 등대 눈이 번쩍 뜨이도록 '불꽃'을 열창해 보자.

대 변 등 대

대변 변은 변두리 변

큰 변두리가 대변이다

대변 사람들은 참 호방하지

변두리를 크다고 봤으니

변두리 밀려나도 기죽지 않았으니

그래서 대변은 반골의 이름이다

반골은 꼬장꼬장해야 제 격

그물을 털면

죽어서도 뛰는 멸치

대변에서는

멸치도 꼬장꼬장해서 반골이고

등불을 끄면

왜 끄느냐고 대드는 등대

대변에서는

등대도 꼬장꼬장해서 반골이다

멸치 비린내 묻어 있는 '큰 변두리'

꼬장꼬장해서 반골이다

"돼 죽겠는데 말 시키지 마소!" 대변등대는 가는 길부터 삐딱하다. 반골이다. 말도 못 붙이게 한다. 장정 셋. 4.6톤 연안 자망어선을 접안하고서 그물에 낀 봄 멸치를 터는 중이다. '에야디야 에야디야' 소리에 맞춰 동작이 일사불란하다. 어디서 잡아 온 멸치냐고 묻자 버럭 짜증부터 낸다. 말대답하느라 소리가 어긋나 짜증이고 동작이 어긋나 짜증이다.

멸치는 죽어서도 동작이 날쌔다. 그물을 털 때마다 허공으로 펄쩍펄쩍 뛴다. 일부는 바다로 뛰어들고 일부는 육지로 뛰어든다. 바다로 뛰어드는 멸치는 갈매기가 냉큼냉큼 받아먹는다. 육지로 뛰어드는 멸치는 용심이 나서인지 구경꾼 안면에 비늘을 뒤집어씌운다. 옷에도 비늘이 튄다. 햇빛을 받아 반짝이는 멸치와 비늘. 멸치 터는 그물 너머로 보이는 등대도 햇빛을 받아 반짝인다.

대변에서 등대는 멸치다. 저 등대를 보고 멸치잡이 배가 나가고 들어온다. 대변등대를 드나든 멸치잡이 배를 횟수로 따져 줄 세우면 지구를 열바퀴 돌고도 남겠다. 배에 실려 온 멸치를 줄 세우면 우주를 열 바퀴 돌고도 남겠다. 배가 지구를 돌듯 멸치가 우주를 돌듯 등대를 돌면 온몸에서 멸치 비린내가 난다. 온 마음에서 멸치 비린내가 난다. 그건 등대에 밴 멸치 비린내이자 등대 비린내. 온몸 온 마음에서 등대 비린내가 난다.

등대 비린내는 은근하다. 안 그런 척하면서 사람을 착착 감는다. 처음엔 후각을 감고 후각을 다 감으면 시각을 감고 시각을 다 감으면 청각을 감는다. 어떻게 손쓸 겨를도 없이 후각, 청각, 시각이 등대에 감긴 사람들. 어떤 사람은 벗어나길 단념하고서 등대 쪼그려 앉아 술잔을 기울이고 어떤 사람은 감긴 게 분한 듯 바다를 향해 화풀이하듯 낚싯대를 휘두른다. 그러거나 말거나 아낙들은 등대 방파제 쪼그려 앉아 미역 말리기에 여념이 없다. 쪼그려 앉은 엉덩이가 은근하다.

"방파제 새로 하면서 등대도 새로 했지요." 오십 줄은 훨씬 넘어 보이는 아낙 말대답이 시원시원하다. 미역 말리는 손은 바쁘지만 멸치 장정처럼 짜증을 내지는 않는다. 짜증은커녕 더 물어봐 달라는 눈치다. 방파제 새로 단장하면서 멸치 축제도 방파제에서 한단다. 작년 멸치 축제는 4월이었지만 올해는 5월 2일부터 한다는 말을 묻지도 않았는데 덧붙인다. 올해 축제는 17회째. 슬로건은 '통통 튀는 생생 멸치'. 통통한 생멸치 봄 멸치가 구워서도 나오고 무침으로도 나오고 찌개로도 나온다. 바야흐로 대변은 멸치 철이다.

등대를 새로 한 해는 2000년. 밀레니엄 새천년 떠들썩했던 그 해다. 아낙 말대로 방파제를 넓고 반듯하게 단장하면서 하나뿐인 등대도 새 옷을 입혔다. 등대를 처음 세운 건 1953년. 등탑은 붉고 홍등을 5초에 한 번 깜박인다. 창문은 둘. 창문마다 처마랄지 차양이랄지 가리개를 달아내어 비 오는 날 내다보기 좋겠다. 일자 원통형 등대는 전체적으로 듬직하다. 등대 명칭은 대변항 방파제등대. 대변항이 다대포항과 함께 국가에서 관리하는 어항이라 드나드는 배도 듬직하고 등대도 듬직하다.

등대는 듬직하다. 세상 모든 등대가 듬직하다. 가볍게 처신하지 않는다. 생각하고 또 생각해서 움직인다. 등대라고 해서 몸을 놀리고 싶은 마음이 왜 없을까. 움직이고는 싶지만 아직 생각이 정리되지 않아 저러고 있다. 생각이 정리되지 않았는데도 움직이면 가볍게 보일 것 같아 저러고 있다. 이 세상 모든 등대는 지금 생각 중이다. 생각하고 또 생각하는 중이다. 생각이 정리되는 대로 등대는 움직일 것이다. 등대가 움직이면 그때까지 움직이던 모든 것들은 숨을 딱 멈추고 행동을 딱 멈추고 등대만 바라볼지도 모를 일이다.

등대 아래는 시퍼런 바다. 등대와 바다 사이가 낭떠러지 같다. 떨어지면 어쩌나, 떨린다. 바닷물은 쪽빛. 해맑아서 바닥이 다 보인다. 갯바위 사이로 자연산 돌미역이 물의 흐름에 따라 흐늘대고 다시마가 흐늘댄다. 저들은 언제 저 바다에 떨어져 저렇게 몸을 떨어대고 있을까. 생각을 바꾸어서 바라보면 유유자적 걸림이 없는 경지 같기도 하다. 유유자적은 나를 버리는 데서 온다. 나를 떨어뜨리는 데서 온다. 아, 나는 언제쯤이

나 저 바다에 나를 떨어뜨릴 것인가. 나를 떨어뜨려 미역처럼 다시마처럼 흐늘대게 할 것인가.

등대 아래 서서 바다를 보면 속이 시원하다. 속에 맺혔던 게 물의 흐름에 따라 흐늘흐늘 흘러간다. 흘러가다간 방파제에 딱 걸린다. 방파제는 바다 중간쯤 일자(一字)방파제. 양쪽 끝에 색색의 등대가 지붕 날아간 신전 기둥처럼 버티고 있다. 오른쪽 등대는 흰 색, 왼쪽은 노란 색. 하나는 천하대장군 하나는 지하여장군, 이름 하여 장승등대. 눈 렌즈를 당기면 기장 유일한 섬이라는 죽도가 들어오고 전복죽 전문 해녀촌이 들어오고 죽도와 해녀촌을 잇는 무지개다리가 들어온다.

찾아가는 길은 쉽다. 해운대와 기장을 오가는 181번 시내버스를 타고 대변에서 내리면 된다. 버스는 20분 간격. 버스에서 내리는 순간 멸치 비린내가 달려든다. 노점은 멸치젓갈 전문이고 음식점은 생멸치 전문이다. 멸치는 왜 멸치일까. 성질이 급해 물에서 나오면 금방 죽는다고 멸(滅)치라기도 하고 왜소해 업신여김을 당한다고 멸(蔑)치라기도 한다. 멸치 터는 장면을 구경하려면 오전 10시 이전에 가는 게 좋다. 구경하다가 멸치 비늘이 옷에 튀면 얼른 털어내야 한다. 갈매기가 떼를 지어 날아와 쪼아댈지 모른다.

대원군 척화비

대변에 가게 되면 이것만은 꼭 보자. 대원군 척화비다. 대변초등 정문에서 두리번거리면 보인다.

척화비는 고종 아버지 흥선대원군 명으로 세운 돌비로 '서양 오랑캐'와 벌인 두 차례 격전의 소산이다. 프랑스와 싸운 병인양요(1866년)와 미국과 싸운 신미양요(1871)가 그것이다.

척화비는 일종의 승전 기념비. 양대 양요에 승리하면서 전국 각지에 척화비가 세워졌다. 그러나 대원군이 실권하면서 척화비는 뽑히거나 깨어지는 수난을 겪는다. 남아 있는 건 전국적으로 33기. 부산에는 3기가 있다. 대변과 가덕도, 부산박물관에 있다. 하지만 제자리에 있는 것은 하나도 없다.

부산 척화비 내력이다. 일제가 바다에 내다 버린 걸 광복 후 대변 청년들이 인양한 것이 대변 척화비다. 가덕도 척화비는 공사장에서 발견돼 천가초등으로 옮긴 것. 부산박물관 척화비는 원래 좌천동 부산진성에 세웠던 걸 용두산공원을 거쳐 박물관으로 옮긴 것이다.

모든 척화비는 내용이 똑같다. 비석에 새긴 글자는 모두 24자. 큰 글자도 12자이고 작은 글자도 12자이다. 큰 글자는 '洋夷侵犯 非戰則和 主和賣國(양이침범 비전즉화 주화매국)'이고 작은 글자는 '戒我萬年子孫 丙寅作 辛未立(계아만년자손 병인작 신미립)'이다. 큰 글자 뜻을 두세 마디 요즘 말로 압축하자면 외국과 섞이지 말라는 것. 쇄국정책을 편 절대권력 대원군 뚝심이 척화비다.

용 두 산 등 대

용두산등대는 우산등대

빙그르 돌려

빗물을 떨어뜨리듯

빙그르 돌며

빛을 떨어뜨린다

그치고 나면 그만인 비

그따위 비에 젖지 말라고

마음까지 젖지 말라고

우산을 받쳐 드는 사람들

지나고 나면 그만인 빛

그따위 빛에 물들지 말라고

마음까지 물들지 말라고

등대를 받쳐 드는 사람들

빛에 물들지 않아서

더 빛나는 사람들

첫 관광용 등대 지정 …

우산 같은 등대 아래로 사람들이 깃든다

등대는 우산이다. 배를 지키는 우산이다. 등대가 있어 배는 그나마 마음을 놓는다. 사방팔방 보이는 거라곤 수평선 가물거리는 망망대해. 망망대해에서 막막하게 지내본 사람은 안다. 등대 하나 보이지 않는 망망대해에서 열 날이고 스무 날이고 막막하게 지내본 사람은 등대의 존재가 얼마나 반가운지 안다. 얼마나 고마운지 안다.

우리 삶도 때로는 망망대해. 열 날이고 스무 날이고 막막할 때 있다. 그런 날, 가물거리는 수평선 너머 불현듯 등대가 보이면 좀 반가울까. 좀 고마울까. 삶의 비바람 막아 줄 등대는 보이지 않고 답답한 속을 어찌해 볼 도리가 없어 바다를 찾는 사람들. 우산을 받쳐들 듯 등대 가까이 다가가 등대를 받쳐 드는 사람들.

등대는 생김새부터가 우산이다. 등대 기둥은 우산대, 꼭대기 등롱은 우산 꼭지를 연상시킨다. 등대가 쏘아 대는 빛은 우산살. 등대가 우산살을 쫙 펼치면 먹장구름 깜깜하던 사방팔방은 일시에 환해진다. 사람살이에도 저런 등대가 있으면 좋겠다. 먹장구름 깜깜하던 사방팔방이 일시에 환해지면 좋겠다.

용두산등대는 우산살 펴듯 빛살을 쫙 펴는 등대. 펴서는 빙그르 돌린다. 남항에서 북항으로 돌려 밤바다 우산이 된다. 공식 명칭은 부산타워등대. 1973년 건립한 부산타워야 부산사람 익히 아는 명소. 용두산공원 높다란 원형 탑이 부산타워다. 빛을 내보내는 등명기를 타워 꼭대기 얹어서 등대 이름을 얻은 게 용두산등대. 작년 6월 5일 정부관보에 정식 고시됐으며 세계 각지 해도와 등대표에도 명시된다.

'관광 및 항행원조용 등대'. 관보에 고시된 용두산등대 기능이다. 관광을 겸하면서 선박 운항을 돕는 등대란 뜻이다. 관광용 등대 지정은 한국에선 용두산등대가 처음이다. 해가 진 뒤 밤 10시 40분까지 빛살을 편다. 밤 내내 펴지 않는 건 부산타워 운영시간이 그 정도이기 때문이다. 광달거리는 40km. 부산항과 남항을 드나드는 선박은 물론이고 40km 안에 있는 모든 배에게 우산이 된다.

"10분은 더 기다려야 하는데 괜찮겠어예?" 부산타워 높이는 119m. 꼭대기에 전망대가 있다. 전망대에서 보면 부산의 바다와 산, 시내가 파노라마다. 엘리베이터가 수시로 오르내린다. 엘리베이터를 타려면 돈이

든다. 4천 원! 중학생 아래나 노인과 유공자, 장애인은 500원 싸다. 단체는 각각 500원 더 싸다. 아침 9시부터 밤 10시까지 오르내린다. 타워 입구에 매표소가 있고 입장권을 파는 여직원은 미안해 쩔쩔맨다. 엘리베이터 수용인원이 한계가 있다 보니 기다리는 줄이 길다. 우산 같은 등대 아래로 깃드는 사람은 저리도 많다.

전망대는 등명기 바로 아래 있다. 전망대에서 바깥을 내다보면 등대 눈높이에서 부산을 굽어보는 셈이다. 용두산등대는 한국에선 당연히 가장 높은 등대고 세계에서도 가장 높음직한 등대다. 가장 높은 등대는 사우디아라비아 제다항등대. 133m다. 용두산공원이 해발 69m니 거기다 타워 높이 119를 더하면 세계에서 가장 높으려나 어쩌려나. 부산바다가 얼마나 포근하고 부산항구가 얼마나 넉넉한지 궁금하면 전망대에 가 보시라. 10분을 더 기다리고 20분을 더 기다려서라도 높디높은 전망대에 가 보시라.

부산 밤바다는 깜깜한 밤하늘. 불빛 비추는 밤배는 별이다. 별은 진하기도 하고 연하기도 하다. 별과 별 사이는 멀거나 가깝다. 배가 여럿 모이면 별자리. 어떤 별은 영도 너머로 송도 너머로 사라지는 유성이다. 별을 보고 싶으면 부산 밤바다를 보시라. 밤하늘 같은 밤바다 푹 빠져 눈망울 초롱초롱한 그대 또한 별이 되려니.

전망대 왼편에 보이는 산은 영도 봉래산. 산꼭대기에 송신탑이 있다. 자기를 등대로 여기는지 아래위 붉은 등을 깜박인다. 아래 등이 꺼지면 위등이 켜지고 아래가 켜지면 위가 꺼진다. 용두산등대는 뒤늦게 얻은 평생 반려. 등대가 불빛을 내보내면 송신탑도 불빛을 내보내 화답한다. 송신탑에 비해서 앳된 남항대교는 애처롭다. 가느다란 눈으로 깜박깜박 연신 구애의 눈길을 보내지만 눈높이에서 송신탑에게 어림도 없다.

"엄마, 우리랑은 안 찍어요?" 딸아이가 울상이다. 부산타워 매표소 광장 왼편에 포토 존이 있고 배경은 하트모양 장식. 하트모양이 천사날개다. 사람들이 줄을 서서 사진 찍을 차례를 기다린다. 차례가 돌아오자 부부가 얼른 자리에 앉는다. 아내가 남편 어깨에 기대며 행복한 표정을 짓는다. 중고생쯤 보이는 두 딸 가운데 작은애가 자기들은 같이 안 찍느냐며 엄마에게 투정을 부린다. 엄마 입장에서 사랑스럽지 않은 자식이 어디 있을까마는 눈높이에서 남편에게 어림도 없다.

등대 주위로 새가 몰려온다. 비둘긴가 했더니 까치다. 까치가 떼로 몰려와 등대를 빙그르 돌고선 난간에 앉는다. 자기를 등대쯤으로 여기는 봉래산 송신탑처럼 자기를 갈매기쯤으로 여기는 용두산 까치. 등대 주위에선 모든 게 등대로 보이고 모든 게 등대가 된다. 이쯤에서 나도 우산을 쫙 펴자. 큰 우산이면 좋겠지만 작은 우산이면 뭐 어떠랴. 나만 쓸 게 아니라 비 맞고 가는 사람과 같이 써 보자. 오른손에 우산을 든 나는 왼쪽 어깨가 젖고 그 사람은 오른쪽 어깨가 젖으리. 젖지 않은 어깨 맞대고 걸어가면 사람의 온기가 생각보다 따스하다고 여겨지리.

용두산공원

조선 시대 용두산은 일본인 집단 거류지인 초량왜관의 지리적 중심지였다. 소나무가 우거져 송현산으로도 불리었다. 일제 강점기에는 조선에서 가장 높은 일장기 게양대가 있었다. 그 높이는 자그마치 102척. 일본 신을 모신 신사도 있었다. 전차가 용두산을 지나가면 승객 모두 일어서서 깍듯하게 절을 올려야 했다. 광복되던 해 11월 17일 36세 의혈남 민영식이 불태웠다.

용두산이 공원으로 처음 불린 것은 1940년 1월 3일. 1954년 대화재로 폐허가 됐다. 녹화사업을 거쳐 1957년 대통령 이승만 호를 따 우남 공원으로 명칭을 변경했다가 1966년 다시 용두산공원이 되었다. 2008년 부산시는 노후시설을 정비하고 인근 역세권을 한데 묶어서 개발하는 안을 내놓았다. 민간자본을 끌어들여 재창조 사업을 펼치려는 안이었으나 시민 반대로 무산되었다.

부산타워는 부산을 상징하고 홍보하는 관광탑. 1973년 11월 21일 세웠다. 나상기 홍익대 교수가 설계했다. 꼭대기 전망대 양식은 불국사 다보탑 지붕 보개를 본떴다. 탑신을 빼고 아래와 위를 합치면 전체적으로 다보탑 모양이 된다. 부산타워 정면 충무공 동상은 임진왜란 부산포 해전 승전을 기려 1956년 세운 것이다. 동판 붓글씨 '충무공 이순신상(像)'을 쓴 이가 우남(雩南) 이승만이다.

칠 암 등 대

칠암에서는
등대에 가려
바다가 바로 보이지 않는다
칠암 바다는
등대에 가린 바다
사람들은
바다를 온전히 보지 못하고
왔던 곳으로 돌아가거나
가야 할 곳으로 간다
하루에도 몇 번
나에게서 떠나려는 마음
칠암에서는
등대에 가려
마음을 떠나보내지 못하고
왔던 곳으로 돌아가거나
가야 할 곳으로 간다

"야구 등대 생긴 후 계속 만선이래요,

주말이면 포구가 떠들썩하죠"

대화는 어렵다. 아 다르고 어 다르다. 마디 하나 토씨 하나에 어긋나고
뒤틀린다. 말꼬리 물고 늘어지거나 속에 없는 말을 한다. 하려고 한 말
대신 하려고 하지 않은 말이 끼어들어 말끼리 엉키고 말끼리 꼬인다. 이
게 아닌데 이게 아닌데 엉키고 꼬인 말은 풀기 난망하다. 말의 수렁에서
빠져나오기 난망하다.

대화는 참 어렵다. 하는 말이 다르고 듣는 말이 다르다. 나는 이렇게 말
하는데 너는 저렇게 받아들인다. 너는 저렇게 말하는데 나는 이렇게 받
아들인다. 상대가 하고자 하는 말이 그게 아닌 줄 알면서 그러기도 하고
몰라서 그러기도 한다. 알든 모르든 말끝은 창날처럼 뾰족하고 뾰족한
것이 남기는 상처는 깊다.

등대는 무던하다. 말 갖고 싸우는 일이 없다. 말 갖고 상처받는 일이 없다. 등대는 등대마다 등대의 언어가 있어 그 언어로 끊임없이 말을 주고받는다. 끊임없이 교신한다. 그러다 보면 어긋나고 뒤틀리기도 하련만 엉키고 꼬이기도 하련만 등대는 무던해서 다 받아들인다. 무던해서 찌르지도 않고 찔리지도 않는다.

칠암등대는 등대 중에서도 무던한 등대. 한둘이 아니고 여럿인 칠암등대는 등대마다 제 색깔이 있고 제 버릇이 있다. 색깔을 내세우고 버릇을 내세워 언성 높일 만도 한데 칠암등대는 무던해서 시비 붙는 일이 없다. 핏대 세울 만도 한데 달아오르는 일이 없다. 다른 등대가 말을 하면 끄덕끄덕, 등대가 고개를 끄덕일 때마다 등불이 깜박깜박 들어온다.

칠암등대는 셋. 야구등대, 붕장어등대, 갈매기등대다. 셋이지만 칠암에서 보이는 등대는 이보다 많다. 왼편 끄트머리에 문중등대가 보이고 오른편에 신평등대가 보인다. 그래서 칠암에서 보이는 등대는 다섯. 셋도 아니고 넷도 아니고 무려 다섯이다. 차에서 내려 바다를 좀 보려고 하면 이 등대가 시야를 가리고 이 등대를 피하면 저 등대가 가리는 곳이 칠암이다.

칠암등대 셋은 조형등대. 등대 고유의 기능에다 지역 특성을 살린 디자인 개념이 들어간 등대다. 조형등대는 전국적으로 스물둘이 있다. 부산에만 열둘인가 열셋 절반이 넘고 그 가운데 셋이 칠암에 있다. "등대의 도시, 부산" 으로 불리는 이유고 칠암이 등대의 포구로 불리는 이유다.

조형등대는 홍보대사. 지역을 알리고 지역을 찾게 해서 지역 경제에 윤기를 불어넣는다.

"야구등대 생기고 나서 계속 만선이랍니다." 부산관광공사 최부림 차장은 야구등대 민간인 명예등대장이다. 등대 출입문 열쇠를 소지해 언제든 출입이 가능하다. 가끔 들어가서는 청소를 하기도 하고 머리를 식히기도 하는 눈치. 등대는 일반인 출입이 엄금된 곳. 그에게 잘 보이면 등대에 들어갈 기회를 잡을 수도 있겠다. 명예등대장답게 등대 자랑을 늘어놓는다. 야구등대가 생기면서 그 기운이 하늘을 찌르고 바다를 찔러 고기가 잘 잡힌다고 한다. 계속 만선이라고 한다.

부산관광공사 전신은 부산컨벤션뷰로. 뷰로와 부산해양항만청이 등대 자원화 협약을 맺은 게 2010년. 부산은 야구도시이니 칠암에 야구등대를 세우자는 안을 뷰로에서 등대 관리부처인 항만청에 내었고 등대가 세워지면서 명예등대장으로 최 차장이 임명된다. 야구등대가 알려지자 한적한 어촌에 관광버스가 주말이면 다섯 대나 찾아오고 식당이며 건어물 좌판은 호황을 누린다. 식당과 좌판이 잘 되니 배도 흥이 나서 고기가 잘 잡히는 모양. 계속 만선인 모양.

야구등대는 흰색. 정식 명칭은 칠암항 남방파제등대다. 조형등대답게 외양에 개성이 철철 넘친다. 야구글러브와 공과 배트를 한데 모은 형상이다. 세운 배트 뭉툭한 윗부분에 등불이 들어온다. 녹등이 4초에 한 번 깜박인다. '바다와 야구를 사랑하는 시민의 뜨거운 열정을 담아' 세웠다는 안내문이 직사광선을 받아 뜨겁다.

외양도 그렇고 내부도 개성이 넘친다. 등대 내부에 최동원 투수 사진과 그가 세운 기록이 전시돼 있다. 부산 경원고 국어선생 김요아킴 시인의 시 '칠암바다엔 야구장이 있다' 시화 패널 한쪽 귀퉁이가 떨어져 나간 게 흠이라면 흠. 등대 가는 방파제 길목에 매년 12월 배달해 드린다는 편지함이 앙증맞다. 칠암 갈 때는 엽서 한 장 챙겨 가면 좋을 듯. 마디 하나 토씨 하나에 어긋나고 뒤틀린 그대에게 해명이랄지 사과랄지 속에 있는 말 속 시원히 털어놓으면 좋을 듯.

야구등대에서 문중등대 방향으로 바라보면 등대 셋이 줄줄이 보인다. 바로 앞 일자방파제 붉은색은 갈매기등대. 갈매기와 떠오르는 해를 조형한 등대다. 한국에선 아마 가장 최근에 세운 등대이지 싶다. 작년 11월 15일 준공식을 가졌다. 정식 명칭은 칠암항 북방파제 남단등대. 홍등을 4초에 한 번 깜박인다.

같은 방파제 노란색 등대 정식 명칭은 칠암항 북방파제 북단등대. 일본말로 아나고인 붕장어가 칠암에서 판을 쳐 붕장어등대로도 불린다. 월전장어등대처럼 붕장어 배배 꼬인 몸통을 조형한 등대다. 노란색 등불을 4초에 한 번 깜박인다. 갈매기등대와 생일이 같다. 붕장어등대 너머론 문중마을 문중등대. 흰색이며 녹등을 6초에 두 번 깜박인다.

"가지메기도 되고 납새미도 되지요." 야구등대로 가는 노천은 납새미 말리는 노천. 사람 다니는 길까지 차지한 납새미는 하나같이 두툼해 침을 꿀꺽 삼키게 한다. 납새미 너는 아낙에게 무슨 고기냐고 묻자 '가지메기'

란다. 초보 낚시꾼이긴 하지만 가지메기는 농어 새끼로 알던 터에 따지 듯 재차 묻자 가지메기와 납새미는 같은 거라고 둘러댄다. 두툼한 참납 새미 20마리가 3만 원! 명태 말린 '코다리'도, 미역귀 달린 '귀다리'도 칠 암등대 덕을 톡톡히 보는 중이다.

칠암은 왜 칠암일까. 일곱 바위가 있다고 해서 칠암이고 옻칠한 듯 윤기 나는 바위가 있다고 해서 칠암이다. 야구등대 건립 안내문에 '이곳 거칠 바위에 밝은 등불을 밝힌다'는 구절이 보인다. 거칠바위가 곧 칠암일 듯.

가는 길. 37번, 180번 시내버스를 타면 된다. 기장시장에서 3번, 9번 마을버스가 다닌다.

갈매기등대

칠암 노천광장 정면에 보이는 등대는 셋. 셋 중 가운데 등대가 갈매기등대다. 막 떠오른 붉은 해를 배경으로 갈매기가 날개를 짝 펴고 날아가는 조형등대다. 2012년 11월 15일 오후 3시 준공식을 가져 부산에선 나이가 가장 어린 등대다.

"부산시민이 얼마나 야구를 사랑하는지 다시 한 번 느꼈습니다." 준공식에 이어 곧바로 야구등대 최동원 선수 미니기념관 테이프 커팅 행사가 있었다. 기념관에는 최 선수 사진들과 이력, 전적이 전시돼 있다. 등대 관계자와 양상문 손아섭 등 야구계 인사, 칠암 주민이 참석해 열기가 뜨거웠다. 동석한 최 선수 어머니 김정자 여사는 부산시민의 뜨거운 야구 사랑에 감사해 하며 눈시울을 붉혔단다. 눈시울이 막 떠오른 붉은 해 같았으리라.

갈매기는 부산의 상징이자 부산 야구의 상징. 갈매기등대 준공식과 기념관 커팅 행사는 '야구 명예의 전당' 유치를 기원하는 행사이기도 했다. 마침내 지난 4월 9일 한국야구위원회(KBO) 이사회에서 부산 유치가 사실상 확정됐다. '구도' 부산의 뜨거운 야구 열기에 KBO마저 뜨거워진 것. 갈매기등대에서 5분 거리인 기장군 일광면 일대에 야구 공원과 야구장이 들어서고 명예의 전당이 들어선다. 시가 건축비를 부담하고 기장군은 부대시설 조성비용을 충당할 예정이다.

용 호 등 대

용호등대는

승천하기 직전 등대

몸통을 비틀고

비튼 몸통을 또 비틀어

그 탄력으로

호수처럼 밋밋한 용호

박차오를 것 같은 등대

마지막 남은 것은 하나

눈동자를 그려 넣는 일

용이 날아가면

복도 날아갈까 싶어서

오늘내일 미루는 사람들

하늘이 속상해서

용의 눈동자 같은 별

분풀이하듯

밤하늘 그려 넣는다

몸통을 네 번 뒤틀었다,

용틀임하는 적룡의 기상이다

해운대에서 남포동까지 걸은 적이 있는가. 뒷모습이 옛사랑인 듯한 사람을 따라가느라 길에서 벗어난 적이 있는가. 등대는 옛사랑이다. 옛사랑의 기억이다. 기억은 붉고 진해서 날이 지나도 색이 바래지 않는다. 달이 지나도 선이 일그러지지 않는다. 길을 걷다가 등대가 보여 찾아오는 사람들. 등대가 걷는다면 등대를 따라가느라 길에서 벗어날 사람들.

옛사랑 기억은 색도 선도 붉고 진하다. 날이 지나고 달이 지난다고 어찌 되지 않는다. 왜 그런가. 맺어지길 바라는 마음을 던졌기 때문이다. 희망하지 않기에 절망도 하지 않는다. 옛사랑 기억은 역설이다. 사랑에 혼이 빠져 실성한 표정이 아니라 희망도 절망도 하지 않는 평온이랄지 고요가 감도는 표정이다. 평온이랄지 고요. 그게 곧 등대의 표정이다.

해운대에서 남포동 가는 길. 길은 여러 갈래다. 광안리해수욕장을 지나 용호동을 스쳐 감만동으로 빠지는 길도 그 하나다. 용호등대는 용호동에 있는 등대. 남포동 가는 길에서는 약간 벗어나 있다. 그래서 등대를 찾아보려면 뒷모습이 옛사랑인 듯한 사람을 따라가는 심정이어야 한다. 다만, 따라가다가 그 사람이 멈춘다고 같이 멈추면 안 된다. 그대로 지나쳐야 한다. 멈춘다고 같이 멈추면 따라다닌 게 표가 나므로.

등대가 멈춘 곳은 용호동 매립지. 갈맷길과 해파랑길 리본이 해풍에 날리는 소공원 안쪽이다. 갈맷길은 부산 안의 길이고 해파랑길은 부산에서 강원도 끝단까지 이어지는 바닷길, 부산 안팎의 길이다. 등대는 둘. 특이한 건 둘 다 붉은색 등대. 하나는 흰색이어야 할 텐데 왜 그럴까. 좌우에 하나씩 있지 않고 육지에서 보면 둘 다 왼편에 있는 까닭이다. 포구로 들어오는 배는 등대 둘을 배 우현에 두는 셈이다. 입항한 배는 용호어촌계 활어판매장에서 시동을 끈다. 판매장은 천막촌. 바다를 낀 횟집들이라 부산답다. 부산 명소라 내세워도 손색이 없다.

등대는 색도 특이하고 형상도 특이하다. 몸통을 네 번이나 뒤틀었다. 용틀임하는 적룡의 기상이다. 몸통을 뒤트는 탄력으로 용은 승천하리라. 눈동자만 그려 넣으면 그렇게 되지 싶은데 아뿔싸 사람의 손이 닿지 않는 곳에 눈이 있다. 외벽에 철제계단이 나 있지만 그마저도 손이 닿지 않는다. 특이한 건 또 있다. 태양광 충전판이 등대 상단에 있지 않고 하단에 있다. 충전판은 등대를 빙 돌며 셋. 용이 승천하려면 하나 갖고는 어림도 없어 셋을 두었지 싶다.

'해와 달의 빛을 받아 반짝이는….' 등대 하단 네 면 가운데 세 면은 충전판이고 한 면은 동판이다. 동판은 등대 디자인을 설명한다. 짧으니 마저 인용한다. '…반짝이는 바닷물 및 윤슬의 이미지와 부산광역시 시화인 동백꽃을 기하학적으로 해석하여 형태를 구성하였고.' 끝 구절엔 '상징성과 조형미를 부각하였다'고 등대 의미를 부각시킨다. 그러니까 여기 등대는 바닷물과 윤슬이 반짝이고 동백꽃이 피어나는 등대라는 뜻. 윤슬은 '햇빛이나 달빛에 비치어 반짝이는 잔물결'을 뜻하는 순우리말. 국어사전에 나와 있다. 출판도 하고 시도 쓰는 후배 딸 이름이 윤슬이다.

풍광은 백미다. 목재계단 전망대에 앉아 바다를 보노라면 다음에 또 와야지 하는 생각이 저절로 든다. 바로 앞은 광안대교. 보름달 뜨는 초저녁은 더욱 백미다. 여기서 보는 보름달 때문에 이사를 안 가고 있다는 수필가도 있다. 보름달 뜨는 초저녁. 여기서 사랑을 고백해 보시라. 사랑하는 사람에게 속에 꾹꾹 눌러둔 말을 해 보시라. 말 못하고 우물쭈물하다가 날을 허송하고 달을 허송한 사람은 얼마나 많은가. 얼마나 바보 같은가. 보름달 뜨는 초저녁, 동백꽃 같은 등대 한 송이가 사랑 고백에 용기를 불어넣으리라.

등대 뒤로는 화단이랄지 공원. 그 너머로 학교 셋이 보인다. 초중고인데 교명이 모두 같다. 셋 다 '분포'다. 분포는 여기 포구의 옛 이름. 옛사랑 이름을 잊지 못하듯 옛 포구 이름 역시 잊지 못해서 분포다. 분포 분은 동이 분(盆). 물동이 분이고 화분 분이다. 분포는 다른 이름으로 분개라 하고 용호동 토박이들은 억양이 세 '분깨'라 그런다. '개'는 포구 포의 우리말이다.

"옛날에 소금 굽는 동이가 있었다네요." 분포는 왜 분포일까. 남구청 구보 편집장 하인상 시인 겸 카툰작가가 궁금증을 풀어 준다. 60년대까지만 해도 여기에 염전이 있어 소금을 내었다고 한다. 소금 내는 방식은 등대만큼이나 특이해 동이를 썼다고 한다. 바닷물 가득 담은 큰 동이에 불을 때면 바닷물은 증발하고 소금만 남았던 것. '분깨소금'은 '명지소금'과 함께 으뜸으로 쳐 주는 소금이라서 한 알 한 알이 백금! 분포등대는 백금 밭에 세운 등대라서 낮에도 윤슬처럼 반들대고 밤에도 윤슬처럼 반들댄다.

밤낮으로 반들대는 등대답게 연식은 새 연식. 둘 다 2009년 12월 4일생이다. 홍등을 6초에 2회 깜박인다. 정식 명칭은 '용호만북단(남단)등대'. 등대에서 보면 전방과 좌우 삼면이 산이다. 전방은 장산, 좌는 장산 아들이란 장자산 자락, 우는 황령산이다. 등대 하나를 두고 산 셋이 각축이다. 참, 등대는 하나가 아니다. 둘이다. 밤이면 밤마다 산 셋은 등대 둘에게 구애의 눈빛인지 불빛을 보낸다. 마음을 정하지 못한 등대는 그럼에도 알아들었다는 눈빛인지 불빛을 밤이면 밤마다 보낸다. 산도 알고 등대도 아는 것이다. 우물쭈물하다간 사랑을 붙잡지 못한다는 걸. 우물쭈물하다간 옛사랑이 된다는 걸.

포구와 '개'

포구의 순우리말은 '개'다. 옥편에서 포(浦)를 찾아보면 '개 포'로 나온다. 뜻은 바닷가 정도쯤 된다. 얼핏 보면 고어 같지만 요즘도 흔히 쓰는 일상어다. 개펄, 갯가, 갯마을, 갯바위, 갯장구 등등이 모두 다 이 '개'에서 비롯된 말이다.

부산진구 전포동에선 5월이 되면 '밭개마을 경로잔치'가 열린다. 전포동 전은 밭 전(田). 전포동 옛 지명이 밭개다. 오래전 이곳에 포구가 있었고 배가 드나들었던 걸 지명에서 엿본다. 사상구 덕포동은 '덕개'다. 언덕이 있는 포구란 뜻이다. 해운대구 송정은 '갈개'. 갈대가 우거진 포구라 해서 붙여진 이름이다.

부산의 포구는 어촌계 기준으로 모두 50군데. 강서구가 가장 많았다가 거가대교가 생겨 육지화되면서 현재는 기장군이 가장 많다. 18군데다. 어촌을 낀 기장엔 옛날부터 포구가 많아 '기장9포'란 게 전해진다. 기장9포는 송정에서 고리까지 풍광이 빼어난 아홉 포구를 일컫는 말. 지금은 다 '무슨 무슨 포'로 불리는 9포에 '개'가 붙은 옛 이름을 찾아주는 건 어떨지. 부산의 다른 포구도 이하 동문.

송 도 등 대

송도는

중이염의 바다

초등학생 어린 내 귀에

고름 고이게 한 해수욕장

세상을 정면으로 듣는 대신

성한 귀 쪽으로

얼굴을 돌려

듣게 한 중이염

정면에서 보이지 않던 것

얼굴을 돌려

비로소 보았으니

송도등대는

귓속을 비추는 등대

바로 보면 보이지 않는 것

얼굴을 돌려

보게 하는 등대

바로 보지 못하던 세상,
바로 보기 싫던 나를 보게 하는…

세상을 바로 보지 못할 때가 있다. 바로 보기 싫을 때가 있다. 세상이 싫어서 또는 내가 싫어서 얼굴을 돌리고 지낸 날들. 얼굴 돌리고 지낸 날은 길든 짧든 당사자를 힘들게 한다. 밤도 설치게 하고 낮도 설치게 한다. 세상을 바로 보지 못하거나 보기 싫은 게 누구의 잘못이든 외면의 나날은 당사자를 힘들게 하고 그리고 잠 못 들게 한다.

세상을 외면해 보라. 나를 외면해 보라. 외면하고 지낸 날은 길든 짧든 세상을 다르게 보게 하고 나를 다르게 보게 한다. 다르게 보면 세상은 얼마나 다른가. 나는 얼마나 다른가. 다행스러운 건 그 과정을 거쳐서 얻는 게 있다는 것. 바로 보면 보이지 않던 풍경이 비로소 보이고 풍경의 실상이 비로소 보인다. 외면을 통해서 세상을 보는 눈이 깊어지고 나를 보는 눈이 깊어진다.

바로 보면 보이지 않는 것. 앞만 보면 보이지 않는 것. 세상과 나 사이에도 그런 게 있고 나와 나 사이에도 그런 게 있다. 어쩌면 삶의 진면목은 '그런 것'에 있을지 모른다. 수평선 너머 먼 곳이 아니라 얼굴만 돌리면 보이는 모래 한 알 조개껍질에 진면목이 있을지 모른다. 자디잔 모래알을 손바닥 얹어서 비비면 느껴지는 감촉들. 닳고 닳은 조개껍질을 만지면 느껴지는 감촉들. 인생은 앞만 있지 않고 옆도 있는 굴곡의 연속이며 굴곡이 있어 인생의 단면은 보드랍다.

송도는 내 유년의 바다. 초등학생 중학생 나를 백사장에 파묻은 바다. 초중시절이 유년은 아니겠지만 어른이 돼서 보면 거기가 거기. 여동생 둘을 데리고 해수욕 갔던 초등학생 내가 생각나고 청룡동 팔송에서 '윗송도'까지 통학했던 중학생 내가 생각난다. 초등학생 내 귀에 바닷물 끼었은 곳이 송도이며 중학교 체육시간 백사장 내달려 종아리 알통 뭉치도록 한 곳이 송도다.

다시 찾은 송도는 이 나이가 돼도 그대로다. 모래알은 여전히 잘디잘고 조개껍질은 여전히 닳고 닳아 시조 대목처럼 의구하다. 도드라지게 바뀐 게 있다면 다시 찾은 사람의 몸과 마음. 왜 안 그럴까. 백사장 내달리던 그 몸이 아니며 수평선 너머가 궁금하던 그 마음이 아니다. 바뀐 건 또 있다. 바다 여기저기 들어선 등대. 얼핏 봐도 대여섯이 넘는다. 해수욕장의 송도고 등대의 송도다.

백사장 정면에 보이는 해상 등대는 고래등대. 고래는 두 종류다. 정중앙

밍크고랜지 귀신고랜지 대형 고래 하나와 돌고래 대여섯이다. 엄밀히 따지면 고래등대는 등대가 아니고 입표다. 입표는 장애물이나 항로를 알리려고 암초나 수심 얕은 곳에 설치한 구조물로 불이 들어오지 않는다. 불이 들어오면 등표다. 정식 명칭은 송도조형입표. 2007년 3월 16일 세웠고 모두 다섯 기라서 송도조형입표 1, 2, 3, 4, 5호로 부른다.

고래등대는 역동적이다. 대형 고래는 몸통을 비틀어 공중으로 튀어 오르는 형상. 기운이 넘친다. 돌고래는 묘기를 부린다. 해면으로 반쯤 드러난 무지개를 배경으로 솟구치는 형상이다. 큰 고래 작은 고래가 튀어 오르고 싶으면 튀어 오르고 솟구치고 싶으면 솟구치는 송도 바다. 세상을 외면한 채 백사장 벤치 낮술에 전 주당에게 송도 바다는 튀어 오르고 싶으면 언제든 튀어 오르고 솟구치고 싶으면 언제든 솟구치는 낙원이자 도원이다.

"모래 유실 안 되게 차단막 다 해 놨어요." 백사장 오른편으로 돌아가면 암남포구 해녀촌. 자연산 해산물만 판다는 입간판이 참새 방앗간 같다. 곱상하게 나이 들어가는 해녀가 '참납새미' 회를 내놓으며 저 바다에 해상 등대가 왜 있는지 밑반찬 삼아 일러준다. 송도는 백사장 모래가 떠밀려 가는 게 골칫거리. 그래서 바다 밑바닥에 잠재시설 테트라포드를 쳤고 그 위에 고래등대를 세웠단다.

어두워지자 포구 방파제 등대가 깜박인다. 왼쪽 방파제 붉은 등대에선 홍등이, 오른쪽 흰 등대에선 녹등이 6초에 두 번 깜박인다. 백사장 왼편

송도방파제 포구가 육칠 년 전 지금 자리로 옮겨 오면서 들어선 방파제고 들어선 등대다. 등대는 2007년 6월 건립돼 송도 볼레길 길목을 밝힌다. 볼레길은 송도에서 암남공원에 이르는 바닷가 길. 부산에 이런 데도 있구나, 감탄사가 절로 나온다. 볼레는 '보러 올레' 줄임말이란다.

 송도등대는 이걸로 다가 아니다. 송도방파제 너머 거북섬 너머로도 등대가 보인다. 이름 하여 거북섬등대. 이 등대 역시 고래등대처럼 엄밀히 따지면 등대가 아니다. 입표다. 불이 들어오는 입표라서 등표다. 정식 명칭은 송도거북섬등표. 2007년 1월 30일 세웠고 백색 섬광을 10초에 3회 깜박인다. 등탑은 흰색 또는 붉은색 단색이 아니고 위에서부터 흑색, 황색, 흑색이다. 흑색 황색은 동서남북 방위표지. 색의 수와 배열에 따라 배가 다니는 방향이 달라진다. 흑황흑의 경우 동방표지로 동쪽이 가항수역이다.

 거북섬등대는 '거북이스럽다'. 가까이서 보면 거북이가 등탑을 이고 끙끙댄다. 사진기란 물통에 담아 두고 싶다면 도로 건너 송림공원 정자 아래 전망대가 포인트. 공원으로 오르는 나무계단 벽면 시화와 사진은 '시화스럽고 사진스럽다'. 한국 최초 공설해수욕장 송도의 1913년 개장 전후 사진은 여기 말고 또 어디서 볼까. 사랑을 고백하려면 공원 청혼광장이 제격. 사랑하는 사람을 하트모양 벤치 앞히고 하트모양 맨바닥 무릎 꿇고 고백해 보라. 사랑은 이루어지고 세상은 비로소 바로 보이리니. 등대의 미덕 하나는 단순하다는 것. 색깔도 단순하고 깜박임도 몇 초에 몇 번으로 단순하다. 등대를 보고 있으면 마음 역시 단순해진다. 복잡하던 머릿속이 단순해지고 복잡하던 셈법이 단순해진다. 세상사 이런 면 저런 면이 수긍된다. 세상과 다른 나, 나와 다른 세상이 수긍된다. 바로 보지 못하던 세상과 바로 보기 싫던 나를 바로 보게 하는 등대의 미덕! 미덕의 등대를 정중앙과 좌우로 거느린 송도 바다는 속이 깊다. 속이 깊 어서 백사장 모래가 끝도 없이 빨려 든다.

송도해수욕장

 부산 서구는 부산 첫 수식어가 붙는 시설이 더러 있다. 대부분 일제 강점기 산물들로 부산 원도심 거주 일본인을 배려한 시설이라고 보면 된다. 상수도였던 구덕 수원지(1902년), 시내와 송도를 잇는 신작로(1920년대), 용두산과 같은 해 시민 공원이 된 대신공원(1944년) 등이 서구 소재 부산 '첫'이다.

 송도해수욕장은 부산을 넘어 한국 첫 공설해수욕장. 온천욕과 해수욕을 유난히 좋아했던 일본인 휴양지 덕이다. 결국 부산 첫 신작로는 전 구간은 아니더라도 일정 부분 해수욕장 가는 '내지인'을 위한 도로였던 셈이다. 송도는 애초 해수욕장이 아니라 섬. 지금은 거북섬이라 부르는 섬에 소나무가 자생하면서 송도라 하였다가 해수욕장 일대를 아우르는 지명이 되었다.

 어쨌거나 2013년은 해수욕장 개장 100주년 되는 해. 서구청은 100주년을 맞아 복합해양휴양지 조성사업을 추진 중이다. 사업은 짧게는 2013년 말까지, 길게는 2016년 마무리된다. 사업이 마무리되면 송도 3대 명물이었던 케이블카와 구름다리, 다이빙대가 복원되고 휴양시설이 들어서 부산의 송도를 넘어 한국의 송도를 넘어 세계의 송도가 될 전망이다.

수 영 만 등 대

수영만등대는 돛대등대

황포 펄럭이며 잘 나가던 배

돛대만 남기고 멈추듯

욕망의 황포 접고

스스로 멈춘 등대

보아라

들어 올린 배 밑바닥

달라붙은 저 따개비들

잘 나가는 동안엔

보이지도 않고

긁어내지도 못했던

욕망에 기생하는 것들

수영만등대는

스스로 멈춘 등대

스스로 들어올려

욕망의 따개비

말끔하게 긁어낸 등대

한국 요트의 중심,

잘나가는 배, 주눅든 배 모두 품었다

누구나 잘나가는 때가 있다. 잘나가서 들뜨는 때가 있다. 등대는 잘나가는 배를 불러들이기도 하고 불러들여 세우기도 한다. 등대가 불러들이고 세운 배를 들어 올리면 밑바닥에 달라붙은 따개비며 해초들. 잘나가던 배에 기생하던 욕망의 따개비며 해초다. 잘나가던 때는 보이지 않던 욕망의 기생이다.

누구나 잘 풀리지 않는 때가 있다. 풀리지 않아서 주눅드는 때가 있다. 등대는 주눅든 배를 품기도 한다. 그래, 쉬어라. 품 안에서 쉴 만큼 쉬어라. 욕망을 비우고 마음을 비워 가장 가벼울 때 가장 멀리 나아가는 법. 주눅든 시간이 길수록 몸은 가벼우리라. 멀리 더 멀리 나아가리라.

누구나 잘나가던 때가 있고 잘 풀리지 않는 때가 있다. 잘나가다가도 풀리지 않을 때가 있고 풀리지 않다가도 잘나갈 때가 있다. 삶에 면벽하고 있으면 알아지는 것들. 잘나간다고 들뜰 것도 없고 풀리지 않는다고 주눅들 것도 없다. 삶에 면벽하듯 등대에 면벽하고 있으면 알아지는 것들. 잘나갈수록 욕망으로 몸은 무겁고 풀리지 않을수록 몸은 가볍다! 수영만등대는 수영 요트경기장 등대다. 수영 요트경기장은 한국 요트의 중심. 1986년과 2002년 아시안게임 요트경기를 치른 곳이 여기 앞바다고 88서울올림픽과 05세계청소년 요트대회를 치른 곳이 여기 앞바다다. 경기를 치른 곳은 앞바다이니 여기는 경기장보단 계류장이 맞는 표현이겠다. 지금도 일 년에 서너 차례 국내외 경기가 열린다.

"세계 일주를 하는 외국인들도 들어와요." 88올림픽을 치른 이후 한국 인지도가 높아지고 한국에도 요트 계류장이 있다는 사실이 알려지면서 외국인 요트도 심심찮게 입항한다. 이전엔 일본에 정박하곤 바로 돌아갔단다. 집 떠난 지 10년씩 되는 외국인 요티도 있다고 류재동 부산요트협회 부회장이 들려준다. 요티들은 며칠 지내다 돌아가는 게 아니고 몇 달씩 때론 몇 년씩 지내기에 한국 호주머니가 이래저래 두툼해진다.

정박한 요트들은 하나하나가 '삐까번쩍'이다. 이름마저 고상하다. Sea Lady(시 레디), Free Bird(프리 버드), Onassis(오나시스) 솔로 비행. 돛을 내리고 홀로 남은 돛대는 하늘을 콕콕 찌르는 창이다. 요트는 중세기 유럽 기사, 돛은 직각으로 세운 기사들 창이다. 돛 맨 꼭대기 달린 풍향계는 요트 방향을 잡아 준다. 사람에게도 풍향계가 있어 이리 가라 저리 가라, 방향을 알려 주면 좋으련만. 돛도 없고 돛에 달린 풍향계도 없는 선박 한 척이 '촌발' 날리며 계류장을 빠져나간다. 뱃전에 '밤이 아름다운 도시 해운대!'란 현수막을 내건 오륙도 유람선이다. 촌발 날리지만 여기 와서 본 배 가운데 가장 정겹다.

수영만등대는 모두 넷. 수영강 쪽 방파제 양 끝에 백색과 적색 등대가 둘 있고 바다 쪽 방파제 양 끝에도 둘 있다. 녹등과 홍등이 각각 6초에 두 번, 4초에 한 번 깜박인다. 녹등의 경우 해도는 각각 Fl(2)G6s5M, FlG4s5M로 표기한다. 복습하자면 Fl은 플래시 약자, G는 그린, 6s와 4s는 6초와 4초, 5M은 빛이 도달하는 거리가 5마일이란 뜻이다. 자주 깜박일수록 위험도가 높다. 6초에 두 번 깜박이는 수영강 쪽 등대 양쪽 방파제엔 해상 펜스를 치고 선박 출입을 금지한다.

등대 자체도 접근 금지다. 등대 넷 모두 접근을 금지한다. 출입구마다 철망으로 막아 두었다. 여기 등대는 가까이 가서 만져 보는 대신 멀리 떨어져서 그냥 보는 등대. 가까이에선 한꺼번에 보지 못하던 양 끝 등대를 멀리 떨어져서는 다 볼 수 있고 더 멀리 떨어져서는 등대 넷을 모두 볼 수 있다. 사람 사이도 그렇다. 가까이에선 보지 못하던 게 떨어져서 비로소 보이는 경우가 있다. 다가가고 싶어도 다가가지 못하는 사람이 있다면 스스로 위안하자. 떨어져서야 그 사람이 온전히 보이는 거라고. 그 사람을 온전히 보기 위해서 지금은 떨어져 있는 거라고.

등대가 잘 보이는 곳은 광장. 철망 듬성듬성한 펜스가 쳐져 있고 펜스 너머로 요트들이 다 보이고 등대 넷이 다 보인다. 등대 너머는 광안대교

다. 어두워지면 대교 교각과 상판에도 불이 들어올 테고 그 또한 장관이겠다. 펜스 바로 뒤는 88서울올림픽 기념탑, 요트경기장 성화대다. 화강암 부조가 금방이라도 튀어나올 듯 꿈틀댄다. 자전거를 타며 광장을 돌아다니는 두 아이도 꿈틀댄다. 88꿈나무가 지금 주역이듯 저들도 언젠가는 주역이 되리라.

"낚시하면 안 됩니다. 나가 주세요!" 목소리가 꿈틀거린다. 신경질적이다. 계류장은 선주와 관계자 외 출입금지 구역. 계류장 요트와 요트 사이 낚싯줄을 드리운 꾼에게 항 내 안전운항을 단속하는 직원이 확성기로 일갈한다. 직원 목소리가 꿈틀거리니 꾼 목소리도 꿈틀거린다. "나갑니다. 나가요!" 어쨌거나 확성기 탁음이 좀 거슬린다. 여기 계류장은 매립지. 바다가 누구나의 바다가 아니듯 바다를 매립한 땅 역시 누구나의 땅이 아니다.

계류장은 두 종류. 해상계류장이 있고 육상계류장이 있다. 팔려고 내놓은 요트나 손질이 필요한 요트를 육상에 견인한다. Lucky Lady(럭키 레디). 번쩍 들어 올린 바람에 배 아랫도리를 다 드러낸 요트다. 레디가 부끄럽게 됐다. 바다에서 지내는 동안 달라붙었을 해초와 따개비 같은 조개류를 긁어낸 배 밑바닥이 말끔하다. '럭키'해 보인다.

찾아가는 길. 도시철도 2호선 시립미술관 역에서 내려 요트경기장을 찾아가거나 시내버스 307번, 직행버스 1003번을 타고 대우 마리나아파트에서 내리면 된다. 해운대 동백섬에서 걸어가면 넉넉잡고 20분.

요트의 종류

요트는 돛 또는 기관으로 움직이는 작은 배다. 1660년 영국 왕 즉위식 선물로 네덜란드가 선물한 수렵선 2척이 시초란다. 요트 종류는 구별 방식에 따라 다양하다. 크게는 모터 요트와 세일 요트로 구분된다. 모터 요트는 강력한 출력의 엔진이 특징. 세일 요트는 돛으로 움직이며 크기에 따라 선실이 있다. 선실엔 침대와 화장실, 주방 등을 갖춘다.

세일 요트는 사용 목적에 따라 두 가지로 나눈다. 크루저 요트, 딩기 요트다. 크루저 요트는 장거리 항해 불편 최소화를 위해 다양한 옵션을 구비한다. 딩기 요트는 소형이며 선실이 없다. 돛으로만 움직이며 올림픽 종목이다.

요트를 몰려면 해양경찰청 면허가 있어야 한다. 모터 요트는 일반조종면허, 크루즈 요트는 요트조종면허가 필요하다. 딩기 요트는 면허가 필요 없다. 면허시험은 구분해서 친다. 일반조종은 3월에서 12월까지 매월 두세 번 치며 시험장(051-742-0367)은 수영강에 있다. 요트조종은 3월에서 12월까지 매월 1회 치며 영도 한국해양대에 시험장(051-410-5005)이 있다. 참, 요티(yachtie)는 요트족을 말한다.

이 동 등 대

이동은 부산 동해 갯마을

동해는 해 뜨는 바다

아무리 궁해도

삼백육십오일

단 하루 빠뜨리지 않고

해를 띄우는 바다

아무리 궁해도

지킬 건 지키는 바다

해 뜨는 바다를 보고 서서

누가 심호흡하는가

누가 햇덩이를 삼키는가

단 하루 빠뜨리지 않고

삼킨 햇덩이 토해 내는

동해바다 이동등대

바다 반대쪽으로 난 창…
사람 사는 마을을 굽어봅니다

내 나이 오십 초반. 되돌아보면 참 많은 약속을 하며 여기까지 왔다. 나를 오늘 여기까지 끌고 온 건 약속의 힘일지도 모르겠다. 남과 한 약속을 지키느라 나와 한 약속을 지키느라 나는 조금씩 커 왔으리라. 그러나 어찌 지킨 약속만 있으랴. 일일이 기록하지 않아서 그렇지 일일이 기억하지 못해서 그렇지 지키지 못한 약속이 지킨 약속 몇 곱절은 되리라.

지키지 못한 약속은 바늘이다. 뾰족해져선 시간이 아무리 지나도 나를 콕콕 찌른다. 외상값을 갚지 못하고 졸업한 학교 앞 술집 두 군데는 30년이 지난 지금도 바늘이다. '통집'과 '12시집'이다. 말과 행동을 같이하자 해 놓고 그러지 못한 경우는 어찌 다 기억해 내며 평생을 함께하자 해 놓고 지키지 못한 언약은 왜 없을 것인가. 삶은 첩첩이 약속이고 첩첩이 지키지 못한 약속이다.

되돌아보면 약속은 나를 키워 낸 자양분이다. 지킨 약속 못지않게 지키지 못한 약속도 나를 키운 자양분이다. 지키지 못한 약속을 상기하며 나를 다그치고 함부로 약속하는 것을 자제한다. 내가 지키지 못한 약속을 상기하며 남이 지키지 못한 약속을 이해하며 지키지 못한 약속을 떠안고 살아가야 하는 그 사람을 동정한다. 그러면서 나는 커 왔고 그러면서 오늘 여기까지 왔으리라.

이동등대는 지키지 못한 약속을 이해하는 등대다. 지키지 못한 약속을 떠안고 살아가야 하는 사람을 동정하는 등대다. 이동등대가 있는 동해바다는 약속을 칼처럼 지키는 바다. 날이 맑든 궂든 일 년 열두 달 단 하루도 빠짐없이 해를 띄우는 바다. 동해바다 칼 같은 결벽증에 진저리가 나서 창문이란 창문은 모두 바다 반대쪽으로 낸 등대가 이동등대다. 등대를 찾은 건 모두 네 번. 인간미라곤 통 없는 동해바다에 등 돌린 등대에게서 위안을 얻고자 두 번은 차를 타고 두 번은 걸어서 등대를 찾았는가 보다.

이동은 이천의 동쪽 포구. 이천은 일광해수욕장 동쪽 포구. 일광에서 갯가를 따라 동쪽으로 가면 이천이 나오고 더 동쪽으로 가면 이동이 나온다. 1971년 문 열어 6월 중순 조업 중단한다는 한국유리공업 부산공장이 도중에 나오고 공장 외벽을 따라 갯바위가 이어진다. 그늘 좋고 평평한 갯바위에 퍼지고 앉아 아무리 궁해도 지킬 건 지키는 동해바다를 바라봐도 좋겠고 하루도 빠뜨리지 않고 햇덩이를 토해 내는 이동등대를 바라봐도 좋겠다. 몽돌 자갈밭 해안은 수심이 얕다. 열 걸음 스무 걸음 바다로 들어가도 배꼽높이가 안 돼 보인다.

"약이 올라 두꺼워요." 이동등대 가는 길은 보드랍다. 가는 길 널따랗게 깔아 놓은 그물을 밟는 감촉이 주단 길을 밟는 듯하다. 주단 길을 아낙과 장정이 분주하게 오간다. 아낙은 이리 빼죽 저리 빼죽 엉덩이걸음으로 오가며 다시마를 널고 장정은 성큼성큼 두루미걸음으로 오가며 다시마를 나른다. 양식장에서 갓 건져낸 다시마는 하나같이 두툼하다. 이동마을 양식장 바다는 물살이 세차서 두툼하다고 엉덩이걸음 아낙이 말한다. 가만히 조용조용 지내고 싶을 다시마로선 센 물살에 약이 바짝 올랐겠다 싶다.

방파제는 아예 벽면이 다시마다. 다시마 벽화며 다시마 구호가 이 마을 특산품을 웅변한다. '기장 미역 · 다시마 특구'. 이동마을이 최대 생산지라는 문구도 보인다. 바다에선 금성호니 경성이니 하는 FRP 소형어선이 세차다는 물살을 세차게 가르며 다시마를 연신 실어 나른다. 없어서 못 판다는 이동 다시마 제철은 5월 중하순부터 한 달. 날이 궂으면 일주일이나 열흘 연장된다. 장사치가 도매로 사 가거나 일본으로 수출한다.

"다시마는 갈조류예요." 이름 밝히기 주저한 정 선생은 생물 전공자답게 보지 않고도 바다 아래가 훤하다. 해조류는 녹조류, 갈조류, 홍조류 세 가지가 있으며 다시마는 미역 모자반 톳과 함께 갈조류란다. 셋의 차이는 깊이의 차이. 녹조류 파래 청각은 광합성이 원활한 얕은 바다, 갈조류는 중간 바다, 우뭇가사리 풀가사리 홍조류는 깊은 바다. 다시마는 그러니까 어중간한 해조류다. 위든 아래든 극단에 치우치지 않는 처세를 익히려고 사람들은 다시마를 찾는다. 국물용 '다시물'엔 다시마가 으뜸이라고 정 선생은 귀띔한다.

이동등대도 극단에 치우치지 않는 등대. 칼 같은 동해바다에 진저리를 내는 등대다. 그래서 바다를 보는 대신 사람 사는 마을을 본다. 약속도 잘 하고 깨기도 잘 하는 사람 사는 마을을 굽어보는 인간적인 등대가 이동등대이다. 등대 출입문에 하트를 그리고 이름 두 자씩을 적은 청춘남녀 사랑의 언약이 보인다. 말로 한 약속도 약속은 약속이니 부디 지켜지길. 지키지 못한 약속은 두고두고 콕콕 찌르니. 그러나 지키지 못해도 이해는 하리라. 내가 그랬으니. 나도 그랬으니.

등대는 붉다. 포구 왼쪽 등대는 붉고 오른쪽 등대는 희다. 포구 왼쪽 등대라서 붉기도 하지만 삼백육십오일 붉은 햇덩이 등쌀에 시달려서 붉기도 하다. 정식 명칭은 이동항방파제등대. 2002년 9월 18일 세웠고 6초에 두 번 햇덩이 같은 홍등을 깜박인다. 높이는 16m. 창문은 원형이고 셋. 셋 다 바다를 보지 않고 갯마을을 본다. 보기 싫은 것을 보지 않고 사는 것도 복이다. 보기 싫은 마음을 감추고 사는 사람은 좀 많은가. 보기 싫은 마음을 감추고 살 수밖에 없는 사람은 좀 많은가.

가는 길. 해운대역 맞은편 시외버스터미널에서 울산행 버스를 타면 된다. 일광까지 1천900원. 시내버스 180번, 188번이 다니고 마을버스 3번이 다닌다.

유리 용광로

기장군 일광면 한국유리공업 부산공장에는 관심을 끄는 용광로가 있다. 유리를 녹이는 용광로인데 유리 용광로가 세상 이목을 끈 건 부산에서 제81회 전국체전이 열린 2000년부터. 10월 12일 시작해 일주일 열린 이 대회 성화는 남북통일 염원을 담아 금강산에서 채화한 '통일의 불'. 그 불을 그때부터 10년이 넘도록 꺼뜨리지 않고 이어온 게 여기 유리 용광로다.

그 용광로가 꺼지게 됐다. 회사 이사회에서 6월 중순 이후 조업 중단을 결정한 것. 건설경기 침체로 건축용 판유리 수요가 뚝 떨어져서다. 동남아와 중동에서 밀려드는 수입산도 감내하기 버겁다. 이로써 1971년 가동한 부산 명물이 역사가 될 전망이다. 공장 자리엔 아파트가 들어선다는 말이 들린다.

한국유리에서 이동포구로 이어지는 갯바위는 반질반질하다. 바둑돌 같다. 이동포구 옛 이름이 기포인 것도 그런 연유다. 기는 바둑 기(碁)다. 이동마을은 차태현 주연 '복면 달호' 촬영지. '학꽁치' 철이 되면 등대로 가는 방파제는 고기 반 물 반이다. 이동 방파제는 대변, 학리 방파제와 함께 한국 명(名)방파제 100선에 들어간다.

가 덕 도 등 대

꽃에는 종소리가 난다

하얀 꽃은 하얀 종소리

빨간 꽃은 빨간 종소리

종소리에 끌려

나비가 찾아오고

나비 같은 사람이 찾아온다

가덕도등대는

오얏꽃 하얀 등대

하얀 종소리가 난다

꽃잎이 흩날리면

바다로 퍼져나가는 종소리

무슨 소린가 싶어

물새가 귀를 세운다

남해바다 꽃잎처럼 뜬

가덕도등대 하얀 종소리

제 몸뚱이 고립시켜,

배를 지키고… 바다를 지키고…

등대는 옳다. 등대가 하는 말은 무슨 말이든 옳다. 등대가 옳다는 믿음
은 견고하다. 누가 흔든다고 흔들릴 믿음이 아니고 누가 어찌한다고 어
찌 될 믿음이 아니다. 그 믿음이 배를 지키고 바다를 지킨다.

문제는 믿음이 아니라 거리. 거리가 멀어서 등대가 하는 말이 들리지
않을 때가 문제다. 등대가 하는 말을 아예 듣지 못할 수도 있는 것이다.
거리를 좁히려고 등대는 더 먼 바다로 나가고 더 먼 바다에서 스스로 고
립된다.

가덕도등대는 스스로 고립된 등대다. 배를 지키고 바다를 지키려고 부
산 남해바다 가장 멀리 나간 등대. 가덕도란 섬 안에서 또 다른 섬이
된 등대. 스스로 내던지고 헌신했기에 가덕도등대는 고행의 수도승이다.
절대로 몸을 눕히지 않는.

가덕도등대는 조선왕조를 상징하는 등대. 왕조를 상징하는 오얏꽃을 출입구 상단 두 군데 새긴 등대. 오얏꽃은 다섯 이파리 하얀 자두꽃. 하얗고 풍성해 순수와 다산, 생명력이 꽃말이다. 결 곱게 널리 퍼져 나가기를 바랐던 조선왕조 향긋한 정신이 곧 오얏꽃이다.

"독립과 자주를 의미하는 문양입니다." 가덕도등대는 풍전등화 등대기도 하다. 새어드는 바람에 가물거리던 촛불이 여기 등불이다. 등대 첫 점등은 1909년 12월. 일제에 먹히기 한 해 전이니 오호통재 등대가 가덕도등대다. 가덕도등대 고성철 주무관 표현처럼 오얏꽃 문양은 막판까지 독립과 자주를 추구했던 조선왕조 자존심이다.

대한제국이 세운 등대는 모두 41곳. 청일전쟁 승리로 기세등등한 일제 강압으로 1901년 체결한 조약 '한일무역규칙 및 해관세목'이 등대 설립 근거다. 41곳 가운데 가덕도등대는 보존상태가 양호한 축에 든다. 등대 기능을 새로 지은 등대에 넘겨주고 2003년부터 평생 안거에 든 상태. 부산광역시 지정 유형문화재 50호다. 해양수산부가 영구 보존시설로 지정해 애지중지한다.

가덕도등대 두드러진 면면은 벽돌. 벽돌을 층층이 쌓고 회칠로 덧입혔다. 회칠이 떨어져 나간 군데군데 벽돌 붉은색이 드러난다. 대한제국 초창기 등대 재료는 돌. 무겁고 다듬기 난망한 돌 대신이 벽돌이다. 1907년 설립 대한제국 산하 벽돌제작소 마포공장이 우리나라 첫 벽돌공장이다. 여기서 나온 벽돌로 등대를 지었고 관청을 지었다. 도로를 확장하면

서 1979년 허문 부산세관 옛 청사(1911)도 마포공장 벽돌 건물이다. 벽
돌은 그 후 철근 콘크리트에 밀려 위축된다.

　등대는 복합구조다. 등탑과 사무실과 등대지기 관사가 같이 있다. 불
때는 아궁이와 화장실, 대형 가마솥 욕조가 이채롭다. 등탑으로 올라가
는 계단은 사무실 안에 있다. 난간이 고색창연하다. 등탑은 팔각형. 등
대 안내판에 따르면 화장실, 욕조 등은 일본식이며 팔각 등탑은 서구식.
마지막 구절은 진한 고딕체다. 인용한다. '오얏꽃은 자두나무 꽃으로서
황실의 성인 오얏 이 씨를 나타내며 창덕궁의 인정전에도 오얏꽃 문양
이 새겨져 있다.'

　가덕도 새 등대는 백색 팔각 콘크리트. 2002년 7월 건립한 위풍당당 등
대다. 높이는 무려 40.5m. 바닷가 절벽에 세워 멀찍이 떨어져서 보면
훨씬 높아 보인다. '30척' 오얏꽃 옛 등대 바로 곁에 세워져 있다. 아버
지와 아버지보다 키가 훌쩍 커 버린 아들이 나란히 선 것처럼 든든하다.
30척은 당시 관보 표현. 1척은 30㎝다. 야광 장검을 휘두르는 것 같은
하얀 빛줄기가 12초에 1회 번쩍인다. VTS라는 해상교통관제 시스템을
도입해 50㎞ 이내 50t 이상 선박과 교류한다.

　가덕도등대는 선박 교류 못지않게 사람 교류에도 각별하다. 50㎞니 50t
이니 거리나 무게에 구애받지 않는다. 아무리 먼 거리 사람과도 아무리
가벼운 사람과도 교류한다. 2010년 세운 100주년 기념관에 체험실과
세미나실, 자료실 등을 꾸미며서 등대는 사람에게 다가가고 사람은 등대에

게 다가간다. 여름 한 철 2박 3일 여름등대 해양학교를 운영하며 1박 2일 등대체험도 가능하다.

1박 2일 체험은 공짜. 먹을거리와 세면도구만 준비하면 된다. 대형 창문 바깥 바다풍경은 누구라도 시인이 되게 한다. 체험 신청은 부산지방 해양항만청 홈페이지 참조. 공짜라서 신청이 쇄도하지만 신청한다고 손해 볼 건 없을 듯. 가이드는 등대 근무자. 설명이 수준급이다. 가덕도 근무자는 3명. 한 사람이 6박 7일 일하고 3박 4일 쉰다.

"등대도 역사가 있다는 걸 알았어요." 경북 구미 효성유치원 김양의 원장 일가족은 6월 첫째 주말 체험자. 내륙지방 거주자인 만큼 어쩌다 등대를 봐도 반가운데 등대에서 잠까지 자게 돼 기쁜 티를 감추지 못한다. 오얏꽃 문양도 각별하게 다가오고 자료실 옛 등대 유물도 각별하게 다가온다. 등대를 공간적 존재로만 봐 오다가 역사가 수반된 시간적 존재로 시야가 확장된 걸 보면 등대는 사람에게, 사람은 등대에게가 빈말이 아니다.

등대는 빈말을 하지 않는다. 등대가 하는 말은 무슨 말이든 옳다. 그러나 아무리 옳아도 거리가 멀면 불화는 생기기 마련이다. 불화의 거리를 좁히려 등대는 사람에게 다가가고 사람은 등대에게 다가간다. 그대와 나 사이도 그렇다. 그대가 아무리 옳아도 거리는 곧 불화다. 그리고 그 모든 불화는 내 잘못이다. 먼저 다가가지 않고 먼저 손 내밀지 않은 내 잘못이 크다. 바다를 향해 연신 내미는 가덕도등대 빛줄기. 잘못한 것도 없이 먼저 손 내미는 등대는 저리도 옳다.

"더덕이 많이 나와서 가덕이라고 한다네요." 가덕도는 왜 가덕도일까. 향토사학자 주경업 선생이 들은 얘기라며 단숨에 일러준다. 가덕도에서 오래 산 토박이 두 분-한 분은 아흔여덟 살 김소이 할머니고 한 분은 횟집 할머니-역시 가덕엔 더덕이 많이 났다고 기억을 더듬는다.

찾아가는 길. 거가대교 천성IC로 빠져나와 천성마을을 지나고 대항마을을 지나고 외양포를 지나면 등대로 가는 외길이 나온다. 군인이 지켜 사전 예약된 등대 체험자만 등대 진입이 가능하다.

등대에서의 꿈같은 하룻밤

  부산 유인등대는 영도와 오륙도, 가덕도 세 곳이다. 세 곳 가운데 유인등대 1박 2일 체험은 가덕도등대만 한다. 바다를 좋아하고 해양수산에 관심이 지극한 국민이라면 누구나 신청 가능하다. 침실은 물론 주방, 목욕탕 등등 모든 게 무료이므로 신청자가 넘친다.

  숙소는 등대 옆 100주년 기념관에 있다. 온돌방 1동 1실(52㎡)이다. 먹을거리와 수건과 '초롱초롱 뜬 눈'만 준비하면 된다. 가족단위 신청은 8명 이하이며 한 가족으로 제한한다. 사회복지법인에는 우선순위를 준다. 체험을 희망하는 달 전월 1일에서 8일 사이 부산지방해양항만청 홈페이지에 신청할 것! 예를 들어 8월 1일에서 8일 사이 9월분 체험 신청이 가능하다.

  "무작위 선정 방식이에요." 항만청 담당 공무원 김정옥 주무관 말대로 신청자가 많으면 무작위로 추첨한다. 밑져야 본전이니 될 때까지 신청해 보는 것도 괜찮을 듯. 7월 첫날부터 8월 말일까진 청소년 대상 여름등대 해양학교를 운영하므로 체험숙소는 개방하지 않는다. 문의사항은 부산항만청 해사안전시설과(051-609-6803)나 가덕도등대(051-971-9710)로.

대 항 등 대

대항은

가덕도 갯마을 포구

심성이 고와서

지는 해

물끄러미 바라보는 포구

지는 해 감싸느라

움푹 들어간 포구

해가 진 포구를

해 대신 비추는

대항등대

심성이 고와서

눈매 같은 등불

그윽한 등대

넉넉한 인심

팔딱이는 갯마을, 지는 해 바라보며 서 있네

지는 해는 단추다. 빨갛고 동그란 단추. 하루는 단추의 연속이다. 뜨는 해는 첫 단추, 지는 해는 끝 단추. 첫 단추를 꿰면서 하루가 시작되고 끝 단추를 풀면서 하루가 마무리된다. 이제 곧 끝 단추를 풀 시간. 단추를 푸는 장면을 훔쳐보느라 사람들 얼굴이 빨갛다. 지는 해에 물든 얼굴이고 부끄러움에 물든 얼굴이다.

지는 해는 숙연하다. 보는 사람을 숙연하게 한다. 부끄럽게 한다. 지는 해에 얼굴이 빨갛게 물든 사람들. 마음이 빨갛게 물든 사람들. 지는 해는 살아온 날을 돌아보게 한다. 남은 몰라도 나는 아는 나를 돌아보게 한다. 지는 해를 보며 감히 당당한 자 누군가. 지는 해를 보며 물들기를 주저하는 자 누군가.

빨개지기는 등대도 마찬가지다. 사람과 부대끼며 지내느라 반은 사람이 된 등대다. 하늘색 푸르른 옷을 벗는 하루를 훔쳐보느라 등대도 두근대는 것이다. 붉은 등대는 좀 낫다. 문제는 흰 등대. 조금만 빨개져도 금방 들통이 난다. 등대도 민망한지 등불을 연신 깜박인다. 사람 이목을 딴 데로 돌리려는 심산이리라.

대항등대는 지는 해를 보는 등대. 흰 등대라서 금방 들통 나는 등대다. 해가 지는 쪽은 수평선 너머 거제. 수평선과 거제 사이는 안개가 뿌옇다. 안개는 세 종류. 박무와 연무와 농무다. 저 뿌연 안개는 박무. 박무가 낀 거제는 품이 넓고 심성이 고와서 거가대교 긴 다리도 거둬들이고 지는 해도 거둬들인다.

대항은 가덕도 가장 남쪽 갯마을. 전에는 섬마을이었지만 거가대교를 놓으면서 뭍이 된 마을이다. 대항(大項) 항(項)은 머리를 허리 아래 수그린 절을 나타내는 상형문자. 뜻이 변하여 목 뒤쪽 덜미를 이른다. 목덜미는 몸에서 움푹 들어간 곳이니 대항은 지명만 들어도 크게 움푹 들어간 포구란 게 알아진다.

대항등대는 움푹 들어간 포구를 감싸는 방파제 끝에 있다. 정식 명칭은 대항어항북방파제등대. 방파제가 포구 오른쪽 하나뿐이라 등대도 흰 등대 하나뿐이다. 1999년 11월 25일 세웠으며 녹등을 5초마다 한 번 깜박인다. 일자 원통형이며 둥근 창문이 둘이다. 기단이 3층 계단이라 등대에 등 기대고 앉기 좋다. 마음 깊숙한 곳 울렁거리는 어느 한 날, 등 기대고 앉아 노을빛에 물들리라. 술 빛에 물들리라.

방파제는 디근자 형. 디근자 갈라지는 방파제 벽면은 타일 벽화다. 벽화 복어가 푸른 타일을 바다 삼아 유영한다. 벽화에 갇힌 복어지만 표정은 복스럽다. 디근자 갈라지는 곳에서 왼쪽으로 꺾으면 등대. 등대 아래도 복스럽다. 직사광선을 피해 양산을 받쳐 든 새댁 둘이 갓난애를 각각 안고서는 까르르까르르 웃음보따리가 터진다. 새댁과 애는 입은 옷도 하얗고 웃음보따리와 등대도 하얗다. 남편 둘만 별종이다. 등대 테트라포드로 내려가 낚시 중인데 둘 다 입은 옷이 검정이다.

"아직 한 번도 사용 못했어요." 등대에서 보면 움푹 들어간 포구가 보이고 포구 오른쪽으로 가두리 양식장 같은 게 눈에 띈다. 전통적으로 내려오는 방식으로 잡은 숭어를 가두어 두는 그물이다. 사십 대 초반 김혜경 씨는 출입문에 '입소문으로 유명한 맛집'이라 멋을 낸 횟집 할머니 딸. 숭어 가두는 그물은 봄철 가덕도 숭어축제 때 써먹으려고 짰는데 사용한 적이 없단다. 축제기간 숭어가 모자라면 안 되니 미리 잡아서 가두어 두려는 건데 축제 때마다 숭어가 잘 잡혀서 쓸 겨를이 없었다는 즐거운 엄살이다.

가덕도 명품 어종은 겨울 대구와 봄 숭어. 대구와 숭어로 맛깔스러운 포구가 대항이다. 지명도 맛깔스럽다. 자갈이 많아 자갈개, 샛바람을 받는다고 새바지개, 동백단지 동두말의 서북쪽 두퉁개와 동쪽 오지양개. 가덕어장은 대구와 숭어 비늘로 겨울이고 봄이고 반짝댄다. 밤이고 낮이고 반짝댄다. 아쉽게도 지금은 여름. 대구도 없고 숭어도 없다. 올해 '숭어들이'는 5월 28일 끝났다는 게 횟집 딸 귀띔. 여름이 제철이라는 '고랑치'를 대신 권한다.

"여기는 나밖에 없어." 대항마을 김소이 할머니는 올해 아흔여덟. 열아홉에 시집왔으니 팔십 년을 대항에서 산다. 연세 더 드신 분이 있느냐고 묻자 인근 외양포에 한 살 더 먹은 사람이 있지만 대항엔 자기뿐이란다. 젓갈도 잘 먹고 회로 뜬 숭어도 잘 먹어서 건강하다. 포구 벤치에 앉아 지는 해를 물끄러미 바라보는 얼굴이 빨갛다. 지는 해에 물든 얼굴이 옷고름을 풀기 직전 첫날밤 새댁이다.

대항은 대중교통이 비껴 다니는 갯마을. 제 차로 다니든지 시간 맞춰 다니는 도선을 타야 한다. 다른 방법이 있기는 있다. 지나가는 차를 손들고 세워서 태워 달라면 마을 사람 열이면 열 모두가 태워 준다. 인심 하나는 넉넉하다. 인심 하나는 넉넉하단 말은 횟집 할머니와 아흔여덟 할머니가 공통으로 들려준 말. 대항마을 넉넉한 인심은 어디서 나온 걸까. 트인 바다와 하늘에서 인심은 넉넉해졌으리라. 그리고 또 있다. 지는 해! 어느 순간 홀연히 넘어가는 해는 마음을 비우게 한다. 마음을 비우면 세상을 대하는 품이 어찌 넓어지지 않으랴. 심성이 어찌 고와지지 않으랴.

가는 길. 거가대교로 진입해 천성IC로 빠지면 된다. 도로표지판 대항 방향으로 죽 가면 굽었다간 펴지고 굽었다간 펴지는 산간도로가 연이어 나오고 익숙해질 때쯤 흰 등대가 저 멀리 보이는 포구가 대항이다. 대항 갈림길에서 왼쪽으로 틀면 대항새바지. 거기에도 등대가 있다. 녹등을 5초에 한 번 깜박이는 흰 등대다.

숭어들이

대항은 가덕도 최남단. 앞바다는 섬이 절창이다. 아이 머리처럼 생긴 애기바위는 동백나무 군락지. 홀쭉한 탕건처럼 생긴 탕건바위, 코 같이 생긴 코바위섬, 농처럼 생긴 농바위섬, 달팽이처럼 생긴 바위섬이 있다.

대항 남서쪽 내동섬은 숭어잡이로 유명짜하다. 가덕 숭어를 쳐주는 건 낙동강과 바다를 들락거리며 산전수전 다 겪은 여기 숭어 쫀득한 살맛. 그리고 숭어를 잡아들이는 고유의 어로 방식. 전통 숭어들이 방식을 대 이어 오면서 세간 이목을 끌게 되었고 가덕 숭어 이름값을 높인다.

숭어들이는 그물 안으로 숭어를 들게 하는 것. 육소장망, 육수장망, 육수망 등으로 불린다. 배 6척이 간격을 적당히 벌려 친 그물로 숭어가 들면 내동섬 같은 섬 높은 곳에서 망보던 '망쟁이'가 신호를 보낸다. 그러면 6척 배가 그물을 재빨리 당기면서 배 간격이 좁아지고 그물은 들리게 된다. 전통 숭어들이로 잡은 숭어는 남해 죽방멸치처럼 스트레스를 덜 주고 상처를 덜 주기에 맛 또한 복스럽다.

낙 동 강 하 구 등 대

낙동강하구는 긴 팔뚝

소매를 걷은 팔뚝에

침이 두 줄로 놓여 있다

침은 등대

배가 다니는 맥을 짚어

눈 질끈 감고 놓은 침이다

침 꼭대기 내려앉은 물새

새의 무게로 지그시 누르면

아파서 이맛살 찡그리듯

주름져 밀리는 물결

바다는 안돼 보였던지

강물을 밀어내고

제 팔뚝 쑤욱 들이댄다

쇠꼬챙이 등대…

등대는 등대 같아야 한다는 선입견이 우습다

나는 은행나무가 좋다. 은행나무도 좋고 소나무도 좋고 대나무도 좋다. 왜 좋은가. 분명해서 좋다. 누가 봐도 은행은 은행이고 소나무는 소나무고 대나무는 대나무다. 이건지 저건지 애매하지 않은 나무가 은행나무고 소나무 대나무다.

등대도 그렇다. 누가 봐도 등대는 등대다. 분명해서 등대다. 등대 같기도 하고 아닌 것 같기도 한 등대는 이미 등대가 아니다. 왜인가. 등대 존재의 바탕이 분명한 데 있는 까닭이다. 애매하거나 이중적이면 그건 등대가 아니다.

등대를 찾아다닌 지 6개월 남짓. 등대를 어렴풋하게나마 알아 가는 이즈음 내가 파놓은 함정에 나를 빠뜨린 등대가 있다. 등대는 분명해야 한다는 논조를 단숨에 뒤집는 등대와 맞닥뜨린 것이다. 저게 뭔가. 저것도 등댄가. 나를 함정에 빠뜨린 등대는 을숙도 일대 낙동강하구 두 줄로 길게 박힌 가느다란 쇠말뚝. 많기도 많아 400개도 넘는다.

"낙동강하구에 박힌 쇠말뚝요? 그게 등주 아닌교." 백합등이니 도요등이니 하는 모래톱 사이 어찌 보면 아무렇게나 박힌 쇠파이프들. 저게 뭔가 싶어 영도등대 배인식 소장에게 전화를 걸자 곧바로 명쾌한 대답이 돌아온다. 남항대교 아래 해상에 박힌 것과 같은 등주란다.

등주 역시 도등, 등표, 등부표처럼 등대 일종. 구조가 간단한 기둥에 등명기를 달아 뱃길을 알리는 등대가 등주다. 낙동강하구는 개펄과 모래톱으로 수심이 얕다. 그래서 적색과 녹색 등주를 뱃길 양쪽에 일정 간격으로 놓아 그 안으로 배가 다니게 한다. 등주를 벗어나면 개펄이나 모래톱에 얹히기 십상이다. 나아가지도 못하고 물러서지도 못하고서 오매불망 물이 들기를 기다려야 한다. 속이 얕은 사람에게 된통 걸린 꼴이다.

적색 녹색 배치는 측방표지 등대와 같다. 육지에서 봤을 때 왼편이 적색이고 오른편이 녹색이다. 각각 홍등과 녹등을 깜박인다. '명지12', '명지19' 하는 식으로 등주 꼭대기마다 지명과 일련번호가 명기돼 있다. 뱃길을 벗어나는 배가 없는지 꼭대기마다 물새란 놈이 앉아선 눈알을 굴린다.

길에는 도로가 있듯 물에는 수로가 있다. 도로와 수로 차이는 눈에 보이고 안 보이고 차이. 배는 그냥 다니는 것 같아도 눈에 보이지 않는 길을 따라서 오간다. 물이 빠지면 개펄이 드러나고 모래톱이 드러나는 을숙도 일대 낙동강하구는 뱃길이 아슬아슬한 수역. 낙동강하구를 오가는 배에게 여기 등주는 단순한 쇠말뚝이 아니라 생명선이다. 얕아서 턱 걸리기 일쑤인 아슬아슬한 인생길에 저런 쇠말뚝 박혀 있으면 마음 든든하련만….

등주는 파격이다. 격을 깨뜨렸고 격식을 깨뜨렸다. 반듯하게 박힌 것도 있지만 대개는 비스듬하다. 비스듬한 것도 강 바깥으로 비스듬한 것, 강 안쪽으로 비스듬한 것 다 다르다. 반듯해서 듬직한 등대만 봐 오다가 기우뚱 기운 쇠꼬챙이 등대를 대하니 내가 우습게 됐다. 등대는 등대 같아야 한다는 내 선입견이 우습게 됐고 내가 파놓은 함정에 빠져서는 허리 삐끗 대는 내 몰골이 가소롭게 됐다.

낙동강하구등대를 제대로 보려면 어디가 좋을까. 몇 군데 포인트가 있다. 거가대교 진입로 부산 쪽 교각이 명당이다. 여기서 보는 등주도 등주지만 바둑판처럼 놓인 굴 양식장 참나무가 작품이다. 카메라를 어느 각도에서 들이대도 작품이 나온다. 하단에서 경제자유구역청 가는 시내버스나 마을버스를 타고 거기서 내리면 된다. 낙동강하구둑에서 해안을 따라 걸으면 두어 시간 걸린다.

등주와 참나무가 바둑돌처럼 놓인 바다는 금빛이다. 금빛은 금빛인데 하얀 금빛, 백금가루가 둥둥 떠다니는 바다다. 백금가루를 흩뿌리는 곳은 하늘. 하늘이 금가루를 햇살처럼 뿌려댄다. 등주 꼭대기 앉은 물새는 심통이 났는지 깍깍 울어댄다. 금값이 얼마나 올랐는데 내다 버리듯 뿌려댄다 말인가. 물새 주둥이에도 백금가루가 내려앉아 깍깍대는 소리가 하얗게 반짝인다.

"주말과 일요일만 다닙니다." 등주를 확실하게 보려면 배를 타고 다가가 보는 것. 배는 낙동강하구 탐방체험장에서 탄다. 사람과 자연, 새가 함께하는 체험을 내세운 체험장으로 낙동강하구 에코센터에서 운영한다. 배를 타고서 적색 녹색 두 줄 등주 사이로 오가며 개펄과 삼각주 등 낙동강하구 생태를 생생하게 접한다. 체험장 손영석 근무자 말대로 토, 일만 운영하며 참가비는 1만 원.

체험 프로그램은 이렇다. 선박은 30인승. 토,일 하루 3회 출항한다. 오전 11시와 오후 1시, 3시에 출항한다. 맹금머리등과 백합등, 도요등, 신자도를 둘러보고 체험장으로 돌아오는 코스다. 대상은 초등학생 이상이며 초등학생은 보호자 동반! 주중에는 단체 맞춤형 프로그램을 운영한다. 문의전화는 051-2061~3. '낙동강하구 에코센터'를 검색하면 자세한 내용이 나온다.

낙동강하구등대는 내게 일침을 놓은 등대. 등대는 누가 봐도 등대여야 한다는 선입견에 대침을 놓은 등대다. 에이는 에이여야 하고 비는 비여야 한다는 생각은 고루하고 편협하다. 딱딱하게 굳은 생각을 풀어 주려고 침을 400번 넘게 놓은 낙동강하구등대. 이맛살 찡그리듯 주름져 밀리는 강 물결이 금빛으로 반짝인다. 하늘이 햇살을 백금가루처럼 뿌려대는 물결이다.

등대지기

등대는 크게 두 가지다. 지키는 사람이 있으면 유인등대고 없으면 무인등대다. 등대지기는 등대를 지키는 사람. 정식명칭은 항로표지관리원이다. 등대만 지키는 것이 아니라 36종에 이르는 각종 항로표지를 관리한다. 그래서 표지관리원이다. 그런 이유도 있고 등대지기란 호칭이 좁게 보여 1988년부터 그렇게들 부른다.

등대지기가 되려면 어떻게 해야 할까. 우선 자격증을 따야 한다. 전기기능사, 전자기기기능사, 항로표지기능사 등. 결원이 생기면 채용공고가 등대 관리 주무부서인 각 지방해양항만청 홈페이지에 뜬다. 서류전형을 먼저 하고 면접으로 선발한다. 직급과 보수는 일반공무원과 같으며 정년은 60세다.

부산 유인등대 3곳에 근무하는 등대지기는 모두 10명. 영도등대에 4명이 근무하고 가덕도, 오륙도가 각각 3명이다. 교대로 근무하며 부산 안에서, 그리고 등대에서 등대로 순환 근무한다. 부산해양항만청 홈페이지(portbusan.go.kr)

신 전 등 대

강과 바다가 만나는

명지섬 남쪽 신전은

생긴 그대로 자연마을

하루의 절반은 강이고

나머지 절반은 바다다

바다보다 높은 강

강보다 낮은 바다

명지섬 신전은

하루의 절반은 바다보다 높고

나머지 절반은 강보다 낮다

높다고 더 비추지 않고

낮다고 덜 비추지 않는

생긴 그대로 자연등대

높고 깊다고 우쭐댄 부박함,
여기선 평평하고 평온해진다

강과 바다. 강은 아무리 얕아도 바다보다 높고 바다는 아무리 낮아도 강보다 깊다. 강은 강이 가진 높이의 힘으로 바다로 밀려들고 바다는 바다가 가진 깊이의 힘으로 강을 받아들인다. 강과 바다. 차가워 보여도 속은 뜨겁다. 하루의 절반은 썰물이 되어 강이 바다에게 다가가고 나머지 절반은 밀물이 되어 바다가 강에게 다가간다.

다가가고 다가와 강과 바다는 평평하다. 평온하다. 서로가 가진 높이와 깊이를 버리면서 하나가 되어 강과 바다는 평평하다. 서로가 서로에게 닿으면서 흐름을 멈추어 강과 바다는 평온하다. 평평하고 평온해서 잔잔한 수면. 숭어 새끼가 갑갑한지 박차 올라 수면을 일그러뜨린다. 수면에 빠져들어 잔잔해지려던 마음결이 순식간 일그러진다.

강서구 명지동 신전포구는 평평하면서 평온하다. 강과 바다가 만난다. 강은 서낙동강. 해 뜨는 강이 아니라 해 지는 강이다. 햇살 이글거리는 강이 아니라 노을 스며드는 강이다. 노을은 사람에게 난 모를 깎아서 마음을 평평하게 하고 평온하게 한다. 강변이기도 하고 해변이기도 한 신전포구. 그러지 않아도 평평하고 평온한 포구에 노을이 스며들면 또 얼마나 평평하며 평온할 것인가.

포구 방파제는 둘. 등대도 둘이다. 다른 포구와 마찬가지로 적색과 백색이며 생긴 것도 같다. 다만 일란성이 아니고 이란성 쌍둥이다. 다른 건 다 같은데 깜박임이 다르다. 오른쪽 방파제 백색등대 녹등은 6초에 한 번 깜박이는 반면 왼쪽 방파제 적색등대 홍등은 5초에 한 번 깜박인다. 깜박임이 녹등보다 홍등이 다급하다. 홍등은 배가 들어올 때 기준으로 삼는 등. 들어올 때 더 조심하란 당부다. 수심이 얕아서 그럴 수도 있겠고 수중 장애물 탓일 수도 있겠다.

등대는 콘크리트 일자 원통형이다. 씨름판 장사 몸집이다. 창문은 각각 하나. 동그랗다. 씨름판 장사가 대개 순하게 생겼듯 순한 눈매가 연상되는 창문이다. 정식 명칭은 신전어항남(북)방파제등대. 새천년 밀레니엄으로 떠들썩하던 1999년 12월 17일 세웠다. 새천년 흥분을 가라앉히려고 등대는 얼마나 용을 썼을까. 파도처럼 들이닥치는 찬물을 뒤집어썼을 테고 물감처럼 스며드는 노을을 뒤집어썼을 테다.

등대는 공평하다. 하루의 절반은 강이고 나머지 절반은 바다인 포구. 누구 편들지 않고 오로지 공평으로 버텨 왔고 버텨 갈 등대다. 바다보다 높다고 더 비추지 않고 강보다 낮다고 덜 비추지 않는다. 강보다 깊다고 더 비추지 않고 바다보다 얕다고 덜 비추지 않는다. 여기에 등대를 세운 사람의 마음을 알겠다. 높고 깊다고 우쭐댄 부박함에 대한 반성이 신전등대며 낮고 얕다고 움츠린 가벼움에 대한 반성이 신전등대다.

 백색등대 가는 길목. 우람한 노거수가 사람을 붙잡는다. 팽나문지 푸조나문지 씨름판 장사보다 더 장사 같은 나무다. 구불구불 뻗어 나간 '할배수염' 가지를 손에 쥐어 잡아당기고 싶어진다. 나무 아래 돌비는 외롭지만 기상이 장하다. 우뚝하다. 돌비는 이 마을 가까운 옛날 풍경을 추억한다. 염전과 갈게 젓갈, 김, 대파가 등장하는 풍경이다. 지명은 하신(下新). 낙동강 끝자락 삼각주 띠밭등 하신마을이란다.

 하신은 신전 셋 마을 가운데 가장 남쪽이다. 하신 위가 중신이며 중신 위는 상신이다. 상신은 신전이 신전리로 불리던 시절 중심지다. 신전(新田)은 왜 신전일까. 새로 생긴 염전이나 파밭 정도로 지레짐작했는데 그게 아니다. 나무 아래 돌비에 언급된 '띠밭' 한자 지명이 신전이다. 초가지붕 이을 때 쓰는 띠는 '새'의 다른 말. 새는 볏과 여러해살이풀이다. 띠밭, 새밭을 어거지 한자로 옮겨 신전이 되었다. 애정이라곤 눈곱만치도 없는 작명에서 일제의 무도함을 엿본다. 조선을 삼키면서 조선 고유 지명을 자기들 편한 한자식으로 둔갑시킨 일제다.

 "아파트는 갑갑해서 못 살겠더라." 부산해경 하신출장소 맞은편 컨테이너 오두막 홀로 사는 여든셋 할머니는 고향이 김해 대저 덕수. 억양이 세 '떡술, 떡술' 그런다. 열일곱 시집왔으니 한 갑자 넘게 신전에서 산다. 인근 아파트 사는 아들네가 모시겠다고 해도 거기보단 여기가 편하다. 강과 바다가 맞붙은 자연에서 평생을 산 자연인에게 아파트는 갑갑할 뿐이다. 할머니가 자연인이듯 신전은 자연마을이다. 낙동강 중상류 모래가 밀려와 섬이 되었고 섬이 커지면서 사람 사는 마을이 된 게 신전이다.

널브러진 닻이 마을 곳곳 보인다. 신전 주업인 김 양식장이 조류에 떠내려갈까 봐 바다 밑바닥 붙들어 두는 닻이다. 밧줄로 엮은 대나무 작대기도 양식장 도구다. 포구 정박한 FRP어선들은 대부분 김 양식장 배. 양식장은 여기서 배를 타고 20분 거리 진우도 수역이다. 어선은 김을 싣고 다니기 좋게 바닥이 단순하고 평평하다. 수면도 배도 모두 평평한 곳이 자연마을 신전이다. 포구 왼편은 아치도 노을색이고 난간도 노을색인 다리. 명지동과 신호동을 잇는 신호대교다. 포구 맞은편은 르노삼성자동차 공장. 자연마을 신전은 야금야금 뜯겨 염전은 이미 옛날이 됐고 갈게니 대파도 옛날로 되어 야금야금 추억 빼먹으며 연명하는 중이다. 사람이든 풍경이든 멀어져가는 것에 대한 애틋함이 여기서도 묻어난다.

포구 오른편으론 제방이 이어진다. 제방은 길고 길어서 녹산수문에 이른다. 일제강점기 낙동강 물꼬를 틀면서 들어선 수문이다. 수문이 들어서면서 서낙동강은 낙동강 본류 자리를 낙동강 하굿둑이 있는 지금 낙동강에 물려주고 변방으로 밀려난다. 쓴맛을 일찌감치 본 셈이다. 쓴맛 일찌감치 봐 일찌감치 달관한 강의 끝자락이 여기 평평하고 평온한 신전포구며 그런 포구를 비추는 등대가 신전등대다.

가는 길. 하단에서 시내버스 58-1과 58-2를 타고 명지 오션시티 퀀텀 1 · 2단지에서 내리면 된다. 금곡동과 가덕도 선창을 오가는 직행버스 1009번도 같은 정류소에 선다. 마을버스는 강서 9-2, 17, 20, 21번이 다닌다. 노선표는 인터넷 참조. 명지새동네 해변 길을 따라 녹산 쪽으로 오션시티 쪽으로 걸어가도 된다. 등대는 신호대교 건너기 직전 오른쪽에 보인다.

강 · 섬 · 제방…강서 3다

"강서에는 없는 게 없어요." 오두막 할머니와 말동무 하던 50대 아낙은 강서를 치켜세운다. 강서는 낙동강 서쪽. 정말 없는 게 없다. 강의 서쪽이니 당연히 강이 있고 강이 만나는 바다가 있고 대파를 키우는 밭이 있고 산이 있다. 없는 게 없는 가운데서도 세 가지 으뜸으로 꼽는 게 있다. 이른바 강서 3다(多)다.

첫째가 강이다. 하천 정도가 아니라 폭이 너른 강이 여섯 군데나 있다. 낙동강, 서낙동강, 조만강, 평강천, 지사천, 맥도강. 이 밖에 크고 작은 샛강들이 쌨다. 강을 합친 길이로 따지면 지자체 단위로선 전국 최고이지 싶다고 강서구청은 밝힌다.

다음은 섬이다. 섬은 서낙동강 가운데 있는 하중도, 가덕도 둘레 해중도, 그리고 낙동강하구 모래등으로 나눈다. 하중도는 중사도, 둔치도 등 네 군데이고 해중도는 많다. 가덕도, 눌차섬 등 무려 열네 군데다. 모래등은 하신마을 아래 대마등을 비롯해 진우도, 장자도, 신자도가 있다.

그다음이 제방이다. 조선 말 축조된 김해 불암에서 가락 죽림까지 산태방둑을 빼곤 1930년대 일제강점기 수리조합 주도로 지어졌다. 미곡 증산이 목적이었고 증산된 미곡은 대부분 일본으로 빼돌렸다. 1931년 들어선 낙동강제방과 1934년 녹산수문을 지으면서 들어선 둔치도 윤중제(倫中堤)가 대표적이다. 윤중제는 현재 일주도로로 쓰인다. 명지 호안둑과 녹산 해안둑, 염전 둑길이던 신호 호안둑도 강서 3다에 들어간다.

누 리 마 루 등 대

누리마루등대는

벽시계 등대

내가 사는 세상은 지금

몇 시 몇 분

세상에 사는 나는 지금

몇 시 몇 분

등대에 귀를 대면

세상 돌아가는 소리

내가 돌아가는 소리

세상은 지금

몇 시 몇 분

나는 지금

몇 시 몇 분

등대 아닌 등대에게

삶을 묻다

삶은 종종 허무하다. 바보 같다. 후 불면 날아가는 티끌이 삶이다. 불면 날아가는 티끌을 잡으려고 기를 쓰고 여기까지 왔는가. 숨 고를 겨를도 없이 달려왔는가. 그러나 그런 생각도 잠시. 허무하고 바보 같더라도 정면으로 대면해야 하는 게 삶이고 정면으로 대면할 수밖에 없는 게 삶이다.

허무한 삶을 단적으로 보여 준 이가 노무현 대통령이다. 만인지상에서 급전직하한 삶은 허무의 극점이다. 극과 극을 오간 그의 삶은 삶이 과연 무엇이며 어떠해야 하는가 하는 물음을 화두로 던진다. 삶은 과연 무엇이며 어떠해야 하는가. 후 불면 날아가는 티끌을 잡는 게 삶인가 놓는 게 삶인가. 주먹을 쥐는 게 삶인가 펴는 게 삶인가.

누리마루등대는 등대 아닌 등대. 지나가는 배의 시선을 끄는 대신 여기 찾아오는 사람들 시선을 끄려는 장식용 등대다. 진짜 등대는 아니지만 받아들이기 따라선 진짜보다 진짜 같다. 등대를 보며 삶이 무엇인지 그리고 어떠해야 하는지 생각을 가다듬고 자세를 가다듬는다. 생각과 자세를 가다듬게 하기에 등대보다 더 등대 같은 등대가 누리마루등대다.

등대가 있는 곳은 해운대 동백섬. 노무현 대통령 재임 당시 열린 정상회의 행사장 누리마루APEC하우스 가는 길목이다. 누리마루는 조어. 온 세상을 뜻하는 온 누리에서 따온 '누리'와 고개 가장 높은 곳 고갯마루에서 따온 '마루'를 합친 말이다. 세계에서 가장 높은 곳이란 뜻이다. 게다가 세계 정상들이 빙 둘러앉은 곳이니 얘깃거리가 넘치고 볼거리가 넘친다. 평일이고 쉬는 날이고 사람이 넘친다.

"하나 둘 셋! 어어, 다시! 하나 둘 셋!" 등대 우뚝 솟은 전망대에도 사람이 넘친다. 저마다 카메라나 스마트폰으로 여기 온 것을 기념한다. 배경은 APEC하우스가 되기도 하고 수평선이 되기도 하고 등대가 되기도 한다. 등대에 두 아이를 기대 세운 엄마는 진땀이다. 다섯 살쯤 돼 보이는 딸아이는 그런대로 말이 통하는데 세 살쯤 아들은 영 제멋대로다. 셔터를 누를 만하면 얼굴이 돌아가고 누를 만하면 전망대 마룻바닥에 드러눕는다.

등대는 백색 원뿔형. 등대 아닌 등대라 해도 갖출 건 다 갖춘 등대다. 콘크리트 몸통도 그럴싸하고 유리 등롱도 그럴싸하다. 원형 창문은 동서남북 각 하나씩 네 짝. 창문 하나는 원형 시계다. 잘 보이도록 사람 다니는 쪽으로 낸 등대 벽시계다. 시간은 정확해 스마트폰 시계와 일이 분 상간이다. 지금 시간은 여섯 시 사십오륙 분. 등대에 귀를 대면 시곗바늘 돌아가는 소리가 들리지 싶다. 시곗바늘 돌아가는 소리에 나 또한 돌아가는 소리를 내지 싶다. 한여름 긴 해는 지기 직전이다.

해는 APEC하우스 둥근 지붕으로 진다. 지기 직전 해가 잘 익은 홍시처럼 발갛다. 홍시가 얼마나 떨어졌는지 지붕 여기저기 발갛다. 기어이 하나 남은 홍시마저 떨어지고 홍시 있던 자리 발갛게 물드는 저녁 무렵. 한여름 해는 길고 길어 저녁 같지도 않건만 시계는 이미 일곱 시를 넘어간다. 세상의 시간이 일곱 시를 넘어가고 인간의 시간이 일곱 시를 넘어간다.

등대와 APEC하우스는 비슷하면서 다르다. 둘 다 원뿔형이지만 등대는 위가 좁고 하우스는 위가 넓다. 끝 모르게 올라가면 등대는 뾰족한 바늘이 되어 우주에 닿고 하우스는 광대무변해져 우주에 닿는다. 지상의 어느 삶인들 그러지 않으랴. 위로 갈수록 좁아지는 삶도 넓어지는 삶도 그 끝은 우주에 닿는다. 종종 허무하고 바보 같더라도 그 끝이 우주에 닿지 않는 삶은 없다.

수평선 언저리는 파랗다. 해가 지기 직전 파란 바다는 서늘하다. 빛으로 따지면 사람을 얼어붙게 하는 서슬 푸른 눈빛이고 향으로 따지면 난초 이파리 파란 그늘에 스며든 난향이다. 눈빛에 얼어붙고 난향에 빠져든 사람들. 등대 전망대 난간 누구는 시곗바늘 분침이 될 듯 우두커니 섰고 누구는 초침이 될 듯 건들건들 섰다. 가만히 귀 기울이면 사람도 시곗바늘 돌아가는 소리를 낸다.

수평선은 일필휘지다. 단숨에 죽 그은 한 일 자 붓글씨다. 해운대 바다가 다른 바다와 다른 점은 섬. 해운대 바다에는 섬이 하나도 없다. 한 점 걸림 없이 툭 트인 바다가 해운대 바다다. 해운대에 사는 사람은 물론이고 해운대를 찾아온 사람도 그래서 속에 걸림이 없거나 없어진다. 툭 트였거나 트인다. 일 년 365일이 다 가도록 등불 한 번 켜지 않는 누리마루등대를 받아들이는 것도 결국은 해운대 바다 툭 트인 성정이고 해운대에 살거나 찾아온 사람 툭 트인 성정이다.

등불을 깜박이는 등대가 있기는 있다. 받침대가 홍련 연꽃처럼 생겨 연꽃등대라 불리는 등대다. 엄밀히 따지면 암초나 수심이 얕은 곳에 세운 등표다. 백사장 기준 1km 거리 울산 방향 바다에서 등불을 연이어 두 번 깜박인다. 2005년 '제13차 APEC정상회의'를 기념하고 선박들이 암초를 피하도록 세웠다고 백사장 전망대 안내판은 설명한다. 높이는 25m. 25m라 해도 백사장에서 보면 그리 높아 보이지 않는다. 우리 삶도 그렇다. 높지 싶은 삶도 멀찍이 떨어져서 보면 그리 높아 보이지 않는 게 우리 삶이다.

누리마루등대에 가면 멀고 높은 곳만 보지 말자. 발아래도 보자. 등대 왼편 난간 아래를 굽어보면 붓글씨를 새긴 편평한 바위가 보인다. 마모

돼 흐릿하지만 서각은 또렷하다. 새긴 글씨는 '해운(海雲)'. 해운대 그 해운이다. 신라 말 최치원이 쓴 글씨라고 전해진다고 안내판은 밝힌다. 최치원이 여기 들렀다가 해운대 바다와 구름에 반해 두 글자를 남겼고 그게 지명이 되었다는 얘기다. 해운대 바다와 구름. 등대 아래 서면 누구라도 최치원이 된다. 누구라도 발아래 바위에, 제 마음 바위에 '해운' 두 글자를 새기고 싶어진다.

누리마루APEC하우스

APEC은 아시아 태평양 경제협력체를 말한다. 한국을 비롯 미국, 중국, 일본 등 21개국이 회원국이다. APEC정상회의는 이들 협력체 국가 정상들이 만나는 자리. 1989년 호주 각료회의를 시작으로 1993년부터 매년 정상회의를 개최한다. 제13 차 정상회의는 2005년 11월 부산에서 열렸다. 한국 정상은 노무현 대통령이었다.

누리마루APEC하우스는 부산에서 열린 정상 회의장. 해운대 동백섬에 있다. 부산 시청사와 벡스코, KNN사옥 등 부산의 대표적 건축물을 설계해 온 일신종합건축 사사무소(회장 이용흠)의 작품이다. 정상회의에 맞춰 2005년 9월 14일 지어졌다. 정자의 우아한 곡선미를 현대적 미감으로 재현했으며 지붕은 동백섬의 부드러운 능선을 본떴다고 한다. 3층 건물이다.

정상회의장은 3층에 있다. 세계 정상들의 기운을 들이키려 방문객이 넘친다. 1층 에선 APEC 기념품과 부산 전통 공예품을 판다. 기념품은 라펠핀, 주화, 손목시계 등등으로 APEC정상회의 정상들과 참가자들에게 제공된 것과 같다. 아침 9시부터 입장하며 입장료는 무료다. 월요일은 휴관.

제 뢰 등 대

부산 첫 등대

감만동 제뢰등대는

물새 암초가 떠받친 등대

물새가 날개 펴서 날면

아무도 모르게

밤 하늘 별이 될 등대

부산 첫 등대 제뢰는

물새 소리가 떠받친 등대

등대 무게에 눌려

물새는 주저앉아 울고

누구나 다 알게

밤 바다 별이 된 등대

부산 첫 등대, 북항대교 개통되면

다시 새색시 될 꿈 꾸는데…

부산은 등대의 도시. 한국에서 등대가 가장 많은 도시가 부산이다. 등대는 희망의 상징. 그리고 앞으로 나아가는 미래의 상징. 등대 하나 없는 도시가 수두룩한데 부산은 얼마나 흐뭇한가. 등대 못 본 사람이 수두룩한데 부산사람은 얼마나 흐뭇한가.

부산 등대 시작은 감만동 제뢰등대. 남아 있는 등대 가운데 부산 첫 등대가 제뢰다. 1905년 세웠다. 제뢰(鵜瀨)는 '오리여울'이란 뜻이다. '제'를 옥편에서 찾아보면 '사다새 제'. 사다새를 인터넷 검색하면 오리처럼 생긴 물새가 나온다. 오리여울 또는 까치여울이라고 불리는 암초에 세운 등대가 제뢰다. 등대 기능은 2001년 마쳤고 이제는 등대였음을 기념하는 등대다.

제뢰등대는 원래 등대가 아니라 등표. 암초가 있으니 조심하라는 등표였다. 오리여울로 불리던 암초가 매립되면서 등대가 되었다. 암초는 여울이 아니고 '여'인데 아무튼 그렇게들 불렀던 모양이다. 부산 첫 등대를 여기 세운 건 여기가 부산항 들목이기 때문. 감만동은 조선 시대 해군사령부인 경상도 좌수영 본거지며 일제강점기 군부대 주둔지였다.

백문이 불여일견! 제뢰등대 동판을 보자. 동판은 원래 등대 앞 안내판. 받침목이 썩어 문드러져 북항대교 공사장 컨테이너 사무실 뒤편에 방치된 상태다. 제뢰등대를 설명하는 거의 유일한 자료라서 얼른 챙겨야겠다. 설명이 좀 길지만 토씨 하나 건드리지 않고 오자 하나 건드리지 않고 인용한다. 이 세상 하나뿐일 동판이 백사장 모래처럼 유실되기 전 단단히 붙들어 두자는 심산에서다.

"이 등대는 부산항의 중앙에 위치한 오리여울 또는 까치여울로 불리는 수중 암초에 등대를 건립하여 제뢰등대라 하였으며, 대한제국 최초의 정부 등대 설치사업으로 광무 9년(서기 1905년) 6월에 점등한 현존하는 부산항에서 최고 오래된 역사를 지닌 등대이다.
당시 구조는 석조 원형으로 높이는 2장 3척(6.97m)이며, 색상은 홍색과 흑색을 횡선하고 상부에는 백색을 도장하였으며 등대의 불빛은 가스등을 사용하여 백색 부동등으로 나타내었다. 등대 설치 무렵 부산항의 항만시설은 예전 부산시청 자리인 용두산 밑에 자그마한 방파제에 둘러싸인 약 7,000여 평의 선박계류장과 우암천, 못골, 적기의 포구 및 감만의 군영이 전부였으며 등대의 필요성을 느끼지 못하였으나 일본이 청일전쟁(1891-1892) 이후 일본 함선의 통항을 위해 한반도 전 해안에 등대 설치위치를 조사하고 1901년 "한일무역규칙 및 해관세목"에 한국정부가 등대를 설치하도록 조약을 체결한 후 건설비는 한국정부가 부담하고 건설은 일본해군과 한국정부에서 나누어 시행하였다.

제뢰등대를 1998년 부산항북방파제등대로 명칭을 변경 사용하다가 2001년 신감만부두 건설로 육지와 연결되고 등대 전면의 수중 암초에 감만부두등표를 설치함으로써 95년간 부산항을 밝혀온 등대로서의 기능을 마치고 영구보존 등대로 지정하여 그 역사성을 간직하고자 한다.

우리나라에서 가장 오래된 등대는 1903년 6월에 설치된 인천의 팔미도 등대이며, 부산항의 최초 등대는 1904년 8월에 설치된 부산도등(導燈)으로 왜관이 설치된 초량 고관 앞의 항구 옆에 있는 암초를 피하기 위하여 전등(前燈)과 후등(後燈)을 철탑으로 설치하였다."

"거기가 바다 가운데라니까!" 전후등 부산도등은 일제가 고관 앞바다를 매립할 무렵 철거되었고 현존 부산 최초 등대는 주변이 북항대교 공사로 어수선하다. 어수선한 등대를 피해 낚시꾼은 부두 방파제에 붐빈다. 등대와 방파제는 맞닿아 있다. 오토바이 선글라스 멋쟁이 낚시꾼은 올해 일흔둘 '나이 든 오빠'. 감만동 토박이다. 삼사십대 잘나가던 왕년 제뢰등대는 바다 한가운데였다며 등대 암초에서 대물 낚은 무용담을 떠벌린다. 배를 타고 가서 내렸던 암초는 아직도 등대 아래 일부 남아 있다. 생긴 게 오리처럼 보이기도 하고 까치처럼 보이기도 한다.

매립 전 바다는 어디부터였을까. 일흔둘 토박이는 감만동 현대아파트 근처도 바다였다고 한다. 방파제에서 아파트까지는 차로 5분 거리. 5분 거리 제법 너른 땅이 원래는 바다였다는 말이다. 2001년 신감만부두 건설로 유행가 가사처럼 바다는 육지가 되고 등대 암초 또한 육지가 된다. 그러면서 제뢰는 등대 아닌 등대가 되어 95년 등대지기를 마감한다.

부산 첫 등대 제뢰는 요즘 딱하게 됐다. 등대 위로 북항대교 공사가 한

창이라서 철제 보호막을 얼기설기 둘러친 까닭이다. 그래서 등대를 제대로 보려면 보호막 사이로 얼굴을 빠끔히 집어넣어 올려 보거나 등대 키만큼 떨어져서 보아야 한다. 상태는 양호하다. 갓 지은 등대라 해도 믿겠다. 등탑은 2층 구조. 층마다 난간이 쳐져 있다. 투명유리 등롱은 2층 옥상에 봉긋하다. 등탑 색상은 안내판 설명대로 흑색과 홍색. 번갈아 가며 각각 세 줄이다. 설치장소 또는 주위에 암초 같은 고정 장애물이 있다는 뜻이다. 이를 고립장애표지라고 한다.

'부산시민의 튼튼한 다리가 되겠습니다.' 등대 주변 여기저기는 펼침막이다. 컨테이너 사무실엔 아름답고 튼튼한 북항대교를 건설하겠다는 다짐이 펼쳐졌고 대교 교각엔 튼튼한 다리가 되겠다는 해양수도 부산시 다짐이 펼쳐졌다. 당장은 어수선하지만 내년 개통되면 이 일대는 명소가 될 전망이다. 보호막을 걷어 낸 부산 첫 등대 제뢰는 첫날밤 새색시처럼 연지곤지 곱게 단장할 테고 등대의 도시 부산은 또 얼마나 가슴을 콩닥거릴 텐가. 시민공원 팔각정 바다 건너 일몰은 수줍기까지 하다.

"스스로를 낮춘 게 속이 차 보이네요." 감만동 옆 동네 우암동에서 미술학원 이십오륙 년 경력 김영희(53) 원장은 7m 채 되지 않는 제뢰등대 낮은 키에 측은지심을 갖는다. 여기 등대가 몸을 낮춰 100년 세월을 헌신했으니 이제는 등대에게 보답하자는 마음이다. 학원 아이들을 데려와서 등대를 보여 주고 등대의 가치를 보여 주고 싶단다. 미술학원 원장님답게 이런 말도 덧붙인다. 매립되기 이전 원래 해안가를 그림지도로 그려 아이들에게 사람들에게 보여 주고 싶다고.

찾아가는 길. 대중교통편이 없어 아쉽다. 시내 방향에서 가려면 감만동 유니온스틸을 지나자말자 우회전, 감만부두가 보이면 또 우회전, 북항대교건설홍보관이 보이면 좌회전. 팔각정이 나타나고 부산 첫 등대는 직진해서 왼편! 오른편 시민부두 붉은 등대는 최근 등대다.

「시가있는 등대이야기」는 제뢰등대로 끝난다. 부산 첫 등대를 끝으로 잡은 건 무어랄까, 처음과 끝은 다르지 않고 이어진다는 마음에서다. 처음에서 끝을 보고 끝에서 처음을 보자는 마음이기도 하다. 그건 곧 나를 낮추는 하심이며 나를 이끄는 초심이다. 이제 끝. 끝을 장식하는 말로 뭐가 좋을까. 이 글을 시작하면서 생각해 둔 말은 있지만 감상에 젖어 길어지지 싶다. 이만 끝내자.